Maisey Yates

Culpable de quererte

HARLEQUIN™

Editado por Harlequin Ibérica.
Una división de HarperCollins Ibérica, S.A.
Núñez de Balboa, 56
28001 Madrid

I.S.B.N.: 978-84-687-6737-6
Depósito legal: M-25821-2015
Impresión en CPI (Barcelona)
Fecha impresion para Argentina: 4.4.16
Distribuidor exclusivo para España: LOGISTA
Distribuidor para México: CODIPLYRSA
Distribuidores para Argentina: Interior, DGP, S.A. Alvarado 2118.
Cap. Fed./Buenos Aires y Gran Buenos Aires, VACCARO HNOS.

Capítulo 1

Nos reuniremos en The Mark a la 1:30 p.m. Ponte el vestido que te he enviado esta tarde. En esta bolsa encontrarás las prendas de lencería que llevarás bajo el vestido. Esto no es negociable. Si no obedeces, me enteraré. Y te castigaré por ello.

R.

Charity Wyatt miró la bolsa de la tienda de lujo que estaba en la mesa de la entrada. Era de color gris oscuro y tenía el logotipo de una famosa tienda de lencería en un lateral. En el interior había un papel de seda a juego y un sobre blanco con una tarjeta. Ella lo sabía porque lo había abierto y había leído las instrucciones que estaban impresas en la tarjeta mientras la rabia la inundaba por dentro.

Después, había guardado la tarjeta en el bolso. No quería volver a leerla. Una vez era suficiente.

Seis meses antes, él había sido un objetivo para su padre. Y para ella.

Parte de un timo. Un objetivo que en aquellos momentos la tenía a su merced. Y ella odiaba que fuera así. Odiaba perder. Odiaba sentirse en desventaja.

Debería haber mandado a su padre a freír espárragos cuando, después de casi un año sin estar en contacto, él reapareció en su vida.

«Una vez más, Charity. Solo una vez más».

Una vez más y, al final, todo sería maravilloso. ¿Cuántas veces había oído aquello? Siempre con un guiño y una sonrisa característica, con aquel encanto que permitía que lo consiguiera todo en la vida. Ella había deseado tener la oportunidad de estar en su círculo. De ser parte de él. De que él la valorara lo suficiente como para llevarla a todos los sitios. Deseaba poder dejar de pasar el tiempo en el sofá de su abuela, preguntándose cuándo regresaría su padre. Y de pasar las noches sola y aterrorizada en un apartamento vacío mientras él salía para *trabajar*.

Todo terminaría una vez que él tuviera la puntuación adecuada.

Se le daba muy bien inventar historias maravillosas a partir de un trocito de paja. Y ella deseaba introducirse en el mundo lujoso del que él tanto hablaba. Donde las cosas eran fáciles. Donde podrían estar juntos.

Sin embargo, siempre hacía falta un trabajo más.

Durante toda su vida, su padre le había prometido que después de la tormenta saldría el arcoíris, pero hasta entonces ella solo había visto rayos y truenos.

En esa ocasión, la había dejado de pie en un charco, sujetándose a un pararrayos.

En cuanto su padre salió de la ciudad, ella supo que estaba en un lío. No obstante, se quedó allí porque no tenía dónde ir. Allí estaba su vida. Tenía algunos amigos. Un trabajo. Y estaba segura de que pasaría desapercibida. Siempre lo había hecho.

Seis meses de silencio. Seis meses de su vida viviendo como siempre. Seis meses para superar la traición de su padre. Seis meses para olvidar que se había forjado un poderoso enemigo.

Y después, aquella exigencia.

La recibió un día después de que él contactara con ella por primera vez. Una llamada al móvil desde un teléfono desconocido.

Ella sabía cuál era su aspecto. Rocco Amari era famoso. El playboy, el favorito de los medios de comunicación. Aspecto de modelo, coches de lujo y novias despampanantes. Básicamente todo lo que se necesita para captar la atención del público.

Ella lo había visto en fotos, pero nunca había oído su voz. Hasta el día anterior. Hasta que contactó con ella. En seguida se percató de que no podría huir de él, ni esconderse.

No sin romper con todo y desaparecer a media noche. Dejando su apartamento, su trabajo en el restaurante y su pequeño grupo de amigos. Volviéndose invisible, como había sido durante su infancia. Cuando tenía las cosas justas para poder meterlas en una bolsa y salir corriendo con su padre si era necesario. Después su padre la dejaba un tiempo en casa de su abuela, casi sin avisar.

No. No había podido soportar la idea de convertirse en aquella persona otra vez. Un fantasma en el mundo de los humanos, incapaz de formar parte de nada.

Así que había decidido quedarse.

Y eso significaba que tendría que llevar a cabo un engaño mayor de lo que habría deseado. De ese modo esperaba terminar con aquello y marcharse libremente. Tenía que verlo, y convencerlo de su inocencia.

No obstante, él se había adelantado y la había llamado.

—¿Charity Wyatt?
—¿Sí?

–Nunca hemos hablado, pero sabe quién soy. Rocco, Rocco Amari. Tiene algo que me pertenece, mi bella ladronzuela.

Su voz era grave y su ascendencia italiana se hacía evidente en cada sílaba. Era el tipo de voz que hacía que a ella se le formara un nudo en la garganta, y que provocaba que le resultara difícil hablar.

–No soy una ladrona –dijo ella tratando de aparentar convicción–. Mi padre es un estafador y él...

–Y usted es su cómplice.

–Puedo explicárselo. Él me mintió. ¡Yo no sabía lo que estaba haciendo!

–Sí, sí. Lloriquee clamando su inocencia... Sin embargo, no me conmueve.

Ella se mordió el labio inferior tratando de sentirse perseguida, de revivir todo lo que había sentido cuando su padre se marchó. Todo para que él pudiera escuchar una verdad que no estaba presente.

–Mi intención no era robar nada suyo.

–Sin embargo, me falta un millón de dólares. Y no encuentro a su padre por ningún sitio. Hay que solucionar este asunto.

–Si pudiera encontrar a mi padre me encargaría de que devolviera el dinero –dijo, a pesar de que sabía que a esas alturas ya lo habría invertido en alguna cosa.

–Aun así, no es capaz de encontrar a su padre, ¿verdad?

No. No podía. Y aunque pudiera, dudaba de que él estuviera dispuesto a ahorrarle problemas y a cargar con la responsabilidad de todo. Él la había dejado para que se enfrentara a aquello sola a propósito.

–Tengo que proponerle un trato –continuó Rocco.

–¿Un trato?

–Sí, pero no me gusta hablar de asuntos importantes por teléfono. Mañana recibirá instrucciones. Sígalas o cambiaré de opinión y presentaré cargos en su contra. Y usted, señorita Wyatt, pasará unos años en la cárcel por fraude y robo.

Y así fue cómo se encontró en esa situación. Con aquellas instrucciones, con aquella bolsa y con aquel vestido que todavía no había sacado de la funda porque tenía miedo de mirarlo.

No obstante, aunque lo ignorara no lo haría desaparecer. Igual que ignorar a Rocco no le serviría de nada. No conseguiría retirar la amenaza que él había hecho acerca de su libertad.

Tendría que ir a la reunión. Tendría que seguir las instrucciones que él le había dado.

Y después, no sabía qué haría. Miró de nuevo la bolsa de la lencería y se estremeció. No sabía qué era lo que él le iba a ofrecer, pero empezaba a sospecharlo. Una que no le gustaba, y que no conseguiría olvidar.

Era una tontería, porque no podía imaginar por qué Rocco podía quererla a ella en vez de un millón de dólares o de justicia, sin embargo, le había enviado lencería.

Al margen de cuáles fueran sus preocupaciones, no tenía más remedio que obedecer.

Si no, iría a la cárcel.

Y por mucho que la gente considerara que el sistema de justicia servía para protegerla, ella no. La cárcel era el peor lugar donde podía terminar. Nadie del exterior se preocupaba por los presos y ellos debían cuidar de sí mismos.

Así que tendría que sacar lo mejor de sí misma y explotar al máximo sus habilidades.

Rocco podía pensar que llevaba la delantera... Y ella permitiría que siguiera pensándolo.

El vestido era tan apretado que Charity apenas podía respirar. Finas capas de encaje se ceñían contra su cuerpo y dejaban al descubierto una pizca de piel. También había recibido unos zapatos, y le quedaban igual de bien que el vestido y que la ropa interior. Eran de tacón alto y, junto a la falda corta que llevaba, estilizaban sus piernas.

No se sentía cómoda con tanta piel al descubierto, pero eso la ayudaría.

Respiró hondo y entró en The Mark. Acompañada por el ruido que hacían sus tacones sobre los baldosines, atravesó el recibidor y se dirigió a la entrada del restaurante, sonrojándose al ver que la encargada la miraba de arriba abajo.

La mujer la miraba de manera neutral, sin embargo, Charity percibió cierto desdén en su mirada.

Podía imaginar que una mujer con un vestido corto y ceñido como el suyo solo tenía un propósito en un establecimiento como aquel. Si la intención de Rocco era humillarla, lo estaba haciendo muy bien.

Aunque, una vez más, no era algo del todo malo, porque ella podría aprovechar el calor de sus mejillas y el ligero temblor de sus piernas para desempeñar su papel de mujer ingenua.

—Tengo una cita con Rocco Amari —le dijo a la encargada.

–Por supuesto, señorita. El señor Amari tiene una mesa privada en la parte trasera del comedor. Todavía no ha llegado, pero estaré encantada de acompañarla hasta su asiento.

La encargada se volvió y se dirigió hacia el comedor. Charity la siguió, concentrándose en pisar bien sobre la moqueta para no torcerse un tobillo. Hacía mucho tiempo que no llevaba zapatos de tacón.

Las aceras del barrio neoyorquino donde vivía no estaban acondicionadas para ese tipo de calzado, y en el tipo de trabajo que desempeñaba no necesitaba llevarlos.

Su primer trabajo de verdad había sido de camarera en un restaurante. Después de que su padre se marchara, ella decidió salirse del *negocio familiar*. Era lo bastante mayor para comprender que estafar no era un trabajo y que por muy ricas o despiadadas que fueran las personas a las que se estafaba, no era una manera de vivir la vida a largo plazo.

Entonces, él regresó para dedicarle todo tipo de sonrisas, esas que ella tanto había echado de menos, y pedirle que lo ayudara una vez más.

«Solo una vez más...».

Y como era idiota, se convirtió en una estafadora estafada por un estafador. Y en esos momentos estaba metida en un gran lío.

–¿Puedo traerle algo de beber?

–Una copa de vino blanco –contestó Charity. A veces el vino contribuía a que tuviera una conversación más fluida.

–Por supuesto, señorita –se marchó.

Charity miró el menú, pero no se molestó en leer la descripción de la comida. En un lugar como aquel, todo estaría muy rico. Además, tenía un nudo en el estómago, algo que solía pasarle cuando mentía.

De pronto, se hizo un gran silencio en el restaurante.

Ella levantó la vista y vio entrar a un hombre. Era muy atractivo y ella no era la única que opinaba aquello. Todas las personas del restaurante estaban mirándolo. Era alto y esbelto como una pantera. Tenía el cabello negro peinado hacia atrás y llevaba un traje negro que se amoldaba perfectamente a su cuerpo. Sin embargo, no era su ropa ni los zapatos italianos que llevaba, tampoco el reloj de oro ni las lujosas gafas de sol que se había quitado al entrar, lo que llamaba la atención de los demás.

Era algo más. Un magnetismo que no podía pasarse por alto.

Todo él estaba diseñado para captar la atención de la gente.

Y mientras él se acercaba ella pudo ver su piel aceitunada, sus pómulos prominentes y su nariz recta. Y sus labios... No recordaba haberse fijado nunca en los labios de un hombre, sin embargo, se había fijado en los de él.

Rocco Amari era incluso más atractivo en persona de lo que parecía en las fotos de las revistas. Una lástima. ¿Por qué no podía haberse llevado una gran decepción al verlo?

–Señorita Wyatt –dijo él–. Me alegra ver que ha venido. Y que le ha gustado el vestido.

Su comentario provocó que ella deseara que le hubieran servido el vino para lanzárselo a la cara. Rocco no le había dejado elección y él lo sabía.

«No permitas que te pique. Eres tú quien ha de picarlo a él».

–Es una buena elección –repuso ella–. Puesto que nunca nos habíamos visto, me sorprendió un poco.

–Ah, hice que la investigaran a fondo –se sentó frente a ella y se desabrochó el botón de la chaqueta. Al instante, varios camareros aparecieron de la nada–. Tomaremos lo que el chef nos recomiende –dijo él.

Los camareros desaparecieron y Rocco centró toda su atención en ella, mirándola de manera penetrante con sus ojos oscuros. Era desconcertante.

Una camarera que Charity no había visto nunca le sirvió la copa de vino. Charity la sujetó por la base para mantener las manos ocupadas.

–Espero que combine bien con la comida –dijo él, mirando la copa de vino.

–Diría que, en estos momentos, no es lo que más me preocupa.

–Es algo que a mí siempre me preocupa. Aprecio los lujos de la vida. Una buena comida con un buen vino, un buen whisky y las mujeres bellas. Y he de añadir, señorita Wyatt, que usted lo es.

Al oír sus palabras, Charity no pudo evitar que se le pusiera la piel de gallina.

¿Qué le sucedía? No le gustaba ese tipo de juego. Ni las bromas ni el coqueteo. Siempre trataba de comportarse de manera sensata y eso significaba no derretirse debido a la presencia de un hombre sexy.

–Supongo que debería decir «gracias», pero no voy a hacerlo porque siento que solo intenta retrasar la conversación inevitable que debemos tener.

–Quizá sea así –dijo él–. Aquí sirven una comida muy buena. No me gustaría nada arruinarla.

Charity miró hacia la izquierda y se fijó en una mesa llena de mujeres de clase alta de Manhattan. Todas los

miraban, como preguntándose qué hacía una mujer
como Charity con un hombre como Rocco. Igual que
se notaba que aquellas mujeres eran de clase alta por la
ropa y el peinado que llevaban, Charity sabía que se notaba que ella no pertenecía a esa clase a pesar del vestido que llevaba.

Lo sabía porque su padre había hecho un estudio
completo de la clase alta para poder introducirse en
ese círculo y robar su dinero.

Charity no había invertido mucho tiempo en intentar representar ese papel. De joven, casi siempre había
pasado por una chica ingenua y sometida que necesitaba ayuda.

Era el papel que debía representar esa noche. Y aunque no podía agradecerle a su padre que la hubiera dejado sola a la hora de enfrentarse al problema, sí agradecía que le hubiera dado las herramientas necesarias
para solucionar el desastre que él le había dejado.

—Para mí, la comida está arruinada desde antes de
venir —dijo ella, tratando de parecer convincente.

Rocco no parecía conmovido. Estiró la mano y le
acarició la mejilla con los nudillos. Ella se quedó tan
sorprendida que no fue capaz de moverse. Se sonrojó,
miró hacia la mesa de mujeres y, al ver que ponían
una mueca, bajó la vista.

Era evidente que pensaban que era una chica de
compañía. O eso, o una mantenida. Pensaban que eran
mejor que ella porque habían nacido teniendo lo que
ella nunca podría ganar.

No obstante, Charity estaba acostumbrada a ello.

—Venga, no quiero compartir la comida con una
acompañante difícil.

—Sabía que la gente pensaría que soy una prostituta

–dijo ella, con emoción en la voz–. No soy esa clase de mujer.

Rocco la sujetó por la babilla para mantener su rostro quieto y dijo:

–*Cara mia*, eso es lo que eres. Estás aquí porque te he ofrecido algo, porque te he ofrecido un trato. Y no olvides que yo he comprado todo lo que llevas puesto.

Él era terrible. Nada parecía conmoverlo. No tenía corazón, y eso podía resultar problemático.

Ella se retiró y él bajó la mano.

–Dime qué es lo que quieres.

Los camareros aparecieron de nuevo para servirles la comida y Charity sintió que se le formaba un nudo en el estómago. Necesitaba que aquello terminara pronto. Cuanto más se alargara, más difícil sería que él se echara atrás.

Rocco no tenía esos problemas con la comida. Comió despacio y en silencio, disfrutando de cada bocado. Cada segundo que pasaba, era una tortura. Ella no quería hablar demasiado, pero tampoco demasiado poco. Él parecía tranquilo estando en silencio, permitiendo que ella se sintiera como un ratón enjaulado bajo su penetrante mirada.

Y peor aún, cuanto más la miraba más consciente se volvía ella acerca de las prendas de lencería cara que llevaba bajo el vestido. Había algo en su manera de mirarla... Y el hecho de que él supiera qué llevaba.

Podía verlo en su mirada. Él sabía exactamente qué aspecto tendría con la ropa que le había enviado.

La miraba como si fuera un objeto de su posesión, como si ya la poseyera.

Y quizá fuera así. Cuanto más tiempo estuviera allí

sentada, más tiempo tendría para comprender el destino al que se enfrentaba y la situación en la que se encontraba. No sabía qué era lo que él le iba a exigir, pero conocía la alternativa.

Al llevarla allí, él había resaltado las diferencias de su posición social.

Ella era camarera, y mujer. Su relación con la actividad delictiva era irrefutable, aunque nunca la hubieran detenido. Su padre se había fugado con el dinero que había robado de Amari Corporation, y ni siquiera regresaría si Charity fuera llevada a juicio. Nolan Wyatt no se jugaría el cuello por nadie. Ni siquiera por su propia hija. Y menos cuando podía elegir entre llevar una vida de lujo o entrar en prisión.

Charity serviría de ejemplo. La llevarían a juicio por robar a un hombre que había trabajado mucho para ganar dinero. E iría a prisión.

Sin embargo, él estaba dispuesto a ofrecerle un trato para evitar que fuera a la cárcel.

En realidad, no estaba segura de que pudiera rechazar su oferta.

Aunque fuera terrible.

En ese momento, se odiaba por ser tan cobarde. Por plantearse la idea de venderse con tal de evitar ir a prisión, pero tenía miedo. La cárcel era un lugar terrible.

Solo de pensar en aquella posibilidad, comenzaba a sudar. Temía lo desconocido, pero cualquier otra cosa sería más fácil de superar.

«No sabes qué es lo que él quiere».

No, no lo sabía, pero él le había enviado lencería y eso decía bastante acerca de sus intenciones.

Y ella no era una ingenua cuando se trataba de hombres. Su padre era un mentiroso y un manipulador y le había enseñado a identificar a otras personas como él.

A Charity le gustaba estar preparada para lo peor. Y en ese caso Rocco la había vestido para el trabajo que él pretendía que desempeñara.

En cuanto Rocco terminó su plato, apareció otro camarero.

–¿Desea algo de postre, señor Amari?

–No... –Charity contestó sin darse cuenta–. No quiero postre.

–Por favor, sírvanos el postre y el café en mi suite –dijo Rocco, como si ella no hubiera hablado–. La señorita Wyatt y yo estamos preparados para retirarnos.

–Por supuesto, señor –el camarero inclinó la cabeza y se marchó.

Charity sintió un nudo en el estómago. Él deseaba llevarla a un lugar privado. Quería estar a solas con ella.

–¿Vamos a hablar del trato? –no quería marcharse del comedor. Quería que él cambiara de opinión allí.

–Por supuesto. En mi habitación. Ahí es donde descubriré si has hecho caso a mis advertencias.

–¿Qué advertencias? –preguntó ella, aunque sabía muy bien a qué se refería.

–Si no te has puesto las prendas de lencería que te envíe, lo descubriré.

–No he aceptado ningún acuerdo –dijo ella, mirándolo a los ojos.

Recordó que retar a un hombre como aquel no le serviría de nada. Era un macho alfa. Sin embargo, si representaba el papel de una mujer débil y desconcertada, quizá consiguiera que aflorara en él su instinto protector. No debía olvidarlo. Debía mantenerse en su papel.

–Aceptarás todo lo que te pida, porque, si vamos a juicio, ganaré. Sabes que es cierto lo que digo.

Ella tragó saliva y no trató de disimular su nerviosismo. Deseaba que él percibiera el temor en su mirada. Mostrar osadía no le serviría de nada.

–No comprendo cómo te beneficiará esto.

–*Cara,* no tienes que comprender nada. No tengo que darte explicaciones. Solo tengo que plantearte las opciones –colocó la mano extendida sobre la mesa–. Así que dime, ¿prefieres venir a mi suite o ir a la cárcel?

Charity miró su plato de comida y apretó los labios.

–Si esas son mis opciones, prefiero ir a tu suite –dijo ella.

Todavía podía darle la vuelta a aquella situación. Le haría ver que solo era una víctima. Repitió su mantra una y otra vez, para ver si llegaba a creérselo. Si ella lo creía, sería más fácil conseguir que él lo creyera también.

–Muy bien –Rocco se puso en pie y se acercó a ella, ofreciéndole la mano para ayudarla a ponerse en pie.

Ella no aceptó su ayuda y se levantó.

–Me gustan las mujeres con carácter, pero también me gusta que me obedezcan cuando lo pido –se abrochó la chaqueta y la miró fijamente a los ojos–. Espero que me hayas obedecido en lo que te ordené. De otro modo, descubrirás que mis amenazas no son en vano –le tendió la mano y ella se la agarró–. Vamos, *cara mia*, continuaremos en mi habitación.

Capítulo 2

LA HABITACIÓN era preciosa. Tenía grandes ventanas con vistas a Central Park y la luz natural invadía el espacio. Ella permaneció en la puerta durante un instante, fingiendo que estaba contemplando la habitación. Era de las que quedaban fuera de su rango de precio, de las que ni siquiera tenía oportunidad de mirar.

A menos que estuviera llevando a cabo una estafa.

«Eso es lo que es. Una estafa. Y a cambio, está la libertad. No tendrás que volverlo a hacer. Habrás terminado».

Respiró hondo y continuó mirando la habitación, retrasando el momento de que aquello se convirtiera en realidad. El suelo era de mármol y había alfombras por todos los sitios. Los muebles del salón eran de madera y en el dormitorio había una cama grande con una colcha de terciopelo morado y más almohadas de las que ella había visto en cualquier otro lugar.

Durante un instante, era agradable mirarlo. Parecía un lugar inocuo.

Pero solo por un momento.

Entonces, Rocco se acercó y ella notó que todo su cuerpo reaccionaba al sentir el calor que él desprendía.

–El postre debe de estar a punto de llegar –dijo él, pasando a su lado y entrando en la habitación–. Ponte cómoda, como si estuvieras en casa.

Como si eso pudiera suceder.

–Es difícil que me sienta como en casa aquí.

–Oh, sí, supongo que es muy diferente a tu pequeño apartamento de Brooklyn.

Charity se quedó helada. Él lo sabía todo acerca de ella. Hasta le había enviado ropa a su casa. De todos modos, saber que un extraño conocía todos los detalles de su vida, resultaba incómodo.

–¿Solo lo supones? –preguntó ella, en tono cortante–. ¿No has mirado todas las fotos de mi casa que han encontrado durante mi investigación? Parece que sabes mucho sobre mí.

–El arte de la guerra. Uno debe conocer a su enemigo. O eso he leído.

–¿Y yo soy tu enemiga?

Él se acercó a ella, la agarró del brazo y la atrajo hacia sí. El contacto de su piel la hizo estremecer.

–Me has robado. No permito que la gente me robe –dijo él, acercando el rostro al de ella.

Charity percibió que era tan depredador como temía. Y estaba segura de que iba a pedirle todo lo que ella había temido que le pediría. O más. Porque era un hombre sin compasión.

Era el tipo de hombre que solo comprendía una cosa. La venganza. Matar o ser matado.

Eso limitaba su capacidad para manipularlo, pero su fortaleza residía en la posibilidad de que él la infravalorara.

Él pensaba que ella era su presa, pero no sabía que bajo su prenda de encaje yacía el corazón de una bestia. Ella se había criado en un ambiente difícil, con inestabilidad, pobreza y todo lo demás.

No había sobrevivido gracias a ser débil.

–Mi padre me mintió –dijo ella, colocando la mano sobre su pecho–. Yo creí que por fin había conseguido un trabajo honesto y acepté ayudarlo a conseguir inversiones de empresas conocidas. No sabía que su objetivo era recopilar información y retirar dinero de vuestras cuentas. Prometo que no lo sabía –mentir le resultó sencillo, a pesar de que hablaba mirándolo a los ojos. Protegerse era lo importante.

–Tu nombre figura en las transferencias. Y también en la cuenta bancaria donde se ingresó el dinero.

–Porque yo lo ayudé a abrir las cuentas –sabía que no conseguiría conmoverlo, pero no podía permitir que él la acusara de algo que no era verdad. Todavía tenía la oportunidad de que él comprendiera lo sucedido.

–Entonces, eres idiota. Todo lo que he encontrado sobre Nolan Wyatt indica que es un timador. Y que siempre lo ha sido.

–Lo es –dijo ella, con un nudo en la garganta–, pero yo...

Llamaron a la puerta y Rocco la soltó para ir a abrir.

–Servicio de habitaciones, señor Amari –dijeron desde el otro lado–. ¿Dónde quiere que deje la bandeja?

–La recogeré yo –Rocco agarró la bandeja con las tazas de café y dos pedazos de tarta de chocolate y la llevó al salón.

–¿Nunca te has propuesto creer lo bueno de alguien?

–Nunca. Solo quiero la verdad.

–Te la estoy contando. Y solo puedo decirte que ayudé a mi padre porque quise creer lo mejor de él cuando no debería haberlo hecho. Es la única familia que tengo. Solo deseaba que en esa ocasión fuera verdad lo que me contaba.

–¿Tanto que estuviste dispuesta a ayudarlo en otro de sus fraudes?

–Mi padre es un timador de poca monta. Yo no imaginaba que pudiera hacer algo así –eso era verdad. Ella no sabía que su intención era tan ambiciosa. Un millón de dólares. Se había excedido. El muy idiota. Si hubiera sido una cantidad menor, Rocco no se habría enterado, y no la habría perseguido de esa manera.

–Sí, él había robado grandes cantidades de dinero antes, y yo lo sabía. Yo no vivía con él la mayor parte del tiempo, pero cuando lo hacía siempre había momentos en los que teníamos que mudarnos. Teníamos casa, comida, dinero, ropa, pero todo desaparecía muy deprisa y acabábamos huyendo de los caseros y de la policía. Entonces, nos mudábamos de nuevo. Mi padre conseguía otro *trabajo*, como él los llamaba. Y nos mudábamos otra vez. Así, hasta que una vez decidió no llevarme más con él.

–Ya veo. ¿Pretendes que sienta lástima por ti?

–Solo quiero que comprendas... Soy una persona como tú –dijo ella–. Me equivoqué confiando en quien no debía. ¿No lo comprendes?

Él soltó una carcajada.

–El problema con que intentes apelar a mi humanidad, Charity, es que no tengo. Puedo comprender por qué supondrías que es de otra manera, pero permite que te informe que nunca me pesa la conciencia. Ni la compasión. Cada céntimo que tengo, lo he ganado. Llegar hasta donde he llegado en la vida me ha costado sudor y sangre, y no permitiré que se aprovechen de mí. Te lo demostraré si es necesario −se acercó a ella, pero no la tocó−. No creas que perderé el sueño por enviar a prisión a una mujer bella, como tú, cuando lo merece.

−Entonces, ¿esta es mi última comida? −preguntó ella, señalando la bandeja.

−O eso, o es la energía que te dará fuerza durante las dos próximas horas. Descubrirás que la necesitas.

−Así que, ¿obligas a las mujeres a acostarse contigo? Él esbozó una sonrisa.

−Por supuesto que no. Nunca he obligado a una mujer para que se acostara conmigo. Y tampoco te obligaré a ti. Vendrás a mí, porque me deseas.

−¿Cómo sabrás que te deseo? Si mis opciones son ir a la cárcel o acostarme contigo...

−No me importa −dijo él con una amplia sonrisa−. ¿Te apetece un café?

−No.

−Muy bien. Entonces, ha llegado el momento de ver si has cumplido tu parte del trato.

Ella tragó saliva. Le temblaban las manos.

−¿La lencería?

−¿Has hecho lo que te pedí, *cara mía*?

Charity no podía creerlo. Había perdido.

Había llegado el momento de la verdad. O le tiraba el café a la cara, salía corriendo de la habitación y se enfrentaba a todo lo que llegara después.

O hacía lo que había decidido hacer.

No permanecería allí esperando a que la desvistiera.

Sin pensarlo dos veces, se bajó la cremallera del vestido y comenzó a quitárselo.

Él la detendría. Estaba segura de ello. Y por eso continuó desvistiéndose.

Notó que su piel quedaba al descubierto y que solo llevaba los senos cubiertos por una fina capa de lencería. La prenda era del mismo color que su piel y daba la sensación de que estaba casi desnuda.

Ella lo sabía porque había estado mucho tiempo mirándose en el espejo y recordaba que bajo la tela se notaba la sombra de sus pezones.

Ningún hombre había visto su cuerpo desnudo. Ella no estaba segura de que el hecho de estar convencida de que él la detendría era lo que permitía que continuara desnudándose, pero había algo que hacía que la situación no le resultara extremadamente difícil.

Nunca había confiado lo suficiente en un hombre como para tener una relación íntima con él. Nunca lo había deseado.

Y ella no confiaba en él, pero, por algún motivo, en aquellos momentos se dio cuenta de que la confianza no importaba. Era una cuestión de poder. Y él había infravalorado el suyo.

Terminó de bajarse el vestido y se quedó con tan solo la ropa interior y los zapatos de tacón. Las bragas eran tan finas como el sujetador y era consciente de que él podría ver la sombra oscura de su vello.

Miró hacia delante, sin mirarlo a él. Seguía jugando aquella partida de ajedrez y debía ajustar su estrategia.

Poder. Control. Esa era la jugada. No el sexo.

Lo único que podía hacer era robarle el control.

—Mírame —le ordenó Rocco.

Ella obedeció, y se le entrecortó la respiración.

Había algo en su mirada que ella nunca había visto antes. Un fuego oculto que provocó que ella se incendiara por dentro.

Rocco se acercó a ella y le acarició el tirante del sujetador.

–Has sido una buena chica. He de confesar que estoy sorprendido –comentó sin dejar de mirarla.

Ella sintió que el calor que la recorría por dentro se hacía más intenso.

¿Qué le estaba sucediendo? ¿Por qué la estaba acariciando? No solo la piel, sino por dentro. ¿Por qué sentía tanto calor?

Todavía estaba a tiempo de marcharse. Podía ponerse el vestido y salir de allí.

Pero no lo hizo. Permaneció en el sitio, paralizada y tan fascinada como aterrorizada por lo que podía suceder después.

Él se inclinó despacio y la besó en el cuello, justo debajo de la oreja. Ella se estremeció. Estaba temblando. Y no era de miedo.

–Te haré suplicar –susurró él.

Ella ladeó la cabeza. Odiaba a ese hombre. Y no le importaba lo que pensara de ella. De su cuerpo. O de su alma.

Era su enemigo y, después de ese día, nunca volvería a verlo.

Por algún motivo, esa idea la sorprendió. De pronto, un sentimiento de placer, seguridad y satisfacción la invadió por dentro.

Se inclinó hacia delante y se detuvo a muy poca distancia de sus labios.

–No si consigo que seas tú el que suplique primero.

Rocco le acarició la barbilla con el dedo.

–¿Crees que podrías hacerme suplicar?

–¿Serías capaz de marcharte? –preguntó ella–. Ahora, ¿podrías salir de esta habitación?

–No he terminado contigo todavía –repuso él.

Ella forzó una sonrisa.

–Supongo que eso lo dice todo. Eres el único que puede marcharse. Y yo ni siquiera puedo amenazarte con mandarte a prisión.

Él la sujetó con fuerza y la miró fijamente antes de acariciarle el labio inferior.

Después, posó los labios sobre los de ella y Charity se percató de que había cometido un gran error. Había perdido el control de la situación. El calor que la invadía amenazaba con reducirla a cenizas.

Nunca la habían besado de esa manera. Y nunca había sentido el cuerpo musculoso de un hombre junto al suyo.

Eso era lo último que había esperado. Que él la besara como si fuera un hombre muerto de sed y ella un oasis. Había esperado que él se comportara con frialdad. Que la humillara. No que la hiciera desear. Sentir.

El hecho de desearlo la asustaba más que la alternativa. Porque estaba allí solo por un motivo, para que él se cobrara la deuda que tenía pendiente. Aparte de eso, ella no significaba nada para él. Incluso la odiaba. La veía como un enemigo.

Tenía la sensación de que, en esos momentos, ninguno de los dos mantenía el control. Ni siquiera estaba segura de que estuvieran luchando por tenerlo.

Él se movió una pizca, le sujetó el rostro y la besó de forma apasionada, introduciendo la lengua en su boca. Ella se estremeció de placer.

¿Cómo era posible que él besara a su enemigo de esa manera? ¿Cómo podía odiarla y besarla con tanta pasión y delicadeza?

Nadie lo había hecho. Solo ese hombre. Ese hombre que la odiaba.

Ella debería haber sentido ganas de salir huyendo, pero no fue así. Se quedó en el sitio. Agarrada a él.

Cuando se separaron, él respiraba de manera agitada. Se aflojó el nudo de la corbata y miró hacia el suelo.

—Sí, sin duda eres una buena chica —dijo él.

La abrazó y la besó de nuevo. Ella deseaba enfrentarse a él, y al hecho de que se sentía desnuda a pesar de que él ni siquiera había tocado su ropa interior.

Sin embargo, no podía. Se sentía pequeña, pero no débil. Se sentía protegida. Y mientras sus barreras comenzaban a derrumbarse y la rabia y el miedo que sentía comenzaban a disiparse, un insaciable deseo se apoderó de ella.

No era sexo lo que deseaba, sino caricias, atención. Que alguien la mirara como si le importara, como si fuera ella a quien deseara tener delante, y no otra persona.

Tener a alguien que prestara atención a sus deseos, a lo que le gustaba. Alguien que le proporcionara placer. Era la única manera de verlo. Estaba completamente centrada en aquel hombre poderoso.

Él la trataba con cuidado, no con rabia. Mantenía el control y lo demostraba haciéndola sentir bien.

No era lo que ella había esperado y se sentía vulnerable por ello. Era extraño.

Nadie la había deseado nunca. Ni siquiera la habían necesitado.

Y aunque pudiera parecer ingenuo, en esos momentos, parecía que Rocco la necesitaba. Y ella deseaba complacerlo.

«Te odia. Y tú vas a entregarle tu cuerpo para evitar ir a prisión. No puedes hacerlo».

Todavía podía marcharse. Salir por la puerta y no temer las consecuencias. Estaba segura de que él no la detendría.

«No quieres hacerlo».

No, no quería, porque nunca había tenido valor para tocar a un hombre de esa manera. Ni para besarlo. Y en esos momentos no había nada que la detuviera. ¿Por qué no disfrutarlo? Apoyó las manos sobre su torso musculoso y continuó besándolo.

Rocco la agarró por la cintura con fuerza y atravesó con ella la habitación hasta la cama.

«Sí».

Aquello no tenía nada que ver con el dinero, ni la cárcel, la libertad o el miedo. No tenía nada que ver con el control. Tenía que ver con él. Con todo lo que ella había temido disfrutar durante su vida. Estaba cansada de ello. De ser un fantasma con el que nadie podía tener relación porque siempre estaba ocultando su pasado.

Él la estaba tocando Y conocía su pasado. La odiaba, y aun así la deseaba. Eso significaba que no importaba lo que hiciera en esos momentos. Que no importaba que fuera una mujer virgen que no supiera lo que estaba haciendo.

Llevó las manos a sus hombros y le acarició la espalda, explorando su cuerpo. Rocco llevó la mano hasta su muslo, le levantó la pierna y la colocó sobre la suya. Presionó su miembro erecto contra su entrepierna, contra la fuente de su deseo, provocando que ella se estremeciera de placer.

Charity era incapaz de razonar. No podía comprender por qué había tenido tanto miedo de que aquello fuera el resultado. Porque no daba miedo. Ni era doloroso.

Era maravilloso.

Y todo lo demás no tenía importancia. Quién era ella. Quién era él.

Él ya no era un objetivo. Y ella no era una experta en estafas.

Él era un hombre. Y ella, una mujer.

Y ambos sentían deseo.

Rocco separó la boca de la de ella y comenzó a besarle el cuello hacia abajo, hasta llegar al sujetador de encaje que ella sabía que le había costado más de un mes de su sueldo. Le acarició el borde de la prenda con la punta de la lengua provocando que ella se estremeciera. Charity introdujo los dedos en su cabello para mantenerlo cerca de sí.

—Eres deliciosa —dijo él, bajando una de las copas del sujetador para dejar su seno al descubierto. Después, agachó la cabeza y capturó el pezón con la boca.

—Deliciosa —dijo él, centrándose en el otro pecho y repitiendo sus actos.

Le acarició uno de los pezones con el dedo pulgar y observó cómo se ponía todavía más turgente con sus caricias. La pellizcó suavemente y ella arqueó el cuerpo contra el de él, provocando que el centro de su cuerpo entrara en contacto de nuevo con su miembro erecto.

—No imaginaba que te desearía tanto —dijo él—. Eres muy receptiva.

¿De veras? Ella deseaba preguntarle si era más receptiva de lo normal, pero no podía hablar. No podía hacer nada más que sentir.

—Receptiva —dijo él, besándola entre los pechos—, y deliciosa. Eso ya te lo he mencionado, pero tenía que decírtelo otra vez –la besó en el vientre y un poco más abajo, sobre la cinturilla de la ropa interior.

No pretendería... En el fondo, pensaba que era un acto altruista y la venganza no lo era.

Sin embargo, él le bajó la ropa interior y le separó los muslos. Después, la miró como si fuera una pieza de museo.

Charity apenas podía respirar. Su corazón latía tan deprisa que parecía que iba a salírsele del pecho.

Entonces, sin dejar de mirarla a los ojos, se inclinó y le acarició la parte interna del muslo con la lengua. Después, se acercó a...

La inseguridad se apoderó de ella.

–No tienes... No tienes que...

Él se quejó y colocó las manos bajo el trasero de Charity para acercarla un poco más a su boca.

–Haré lo que quiera –comentó, sin dejar de mirarla.

Cubrió su entrepierna con la boca y le acarició el centro de su feminidad con la lengua. Ella dejó de empujarlo y se agarró a él con fuerza. Durante un momento pensó que podía hacerle daño al clavarle los dedos, pero él gimió con fuerza y continuó devorándola, provocando que ella no pudiera pensar en nada más.

Charity arqueaba las caderas cada vez que él la acariciaba, aproximándose al clímax. Nunca había hecho aquello con un hombre, pero conocía el funcionamiento de su cuerpo. Aunque, era muy diferente hacerlo con alguien que llevaba el control. Salvaje y excitante.

Rocco se movió una pizca y ella notó que acercaba un dedo a la entrada de su cuerpo. Se puso tensa, sin saber qué venía después. Él la penetró con el dedo. Era una sensación desconocida, pero no dolorosa.

Ella respiró hondo y se relajó, disfrutando del placer que él le proporcionaba. Rocco aumentó el ritmo de sus caricias y, de pronto, una fuerte ola de placer la invadió por dentro y provocó que llegara al orgasmo, olvidándose de todo. De por qué estaba allí. De que él era un extraño. Su enemigo.

¿Cómo podía ser un desconocido si la había acariciado de forma tan íntima? ¿Cómo era posible que le hubiera proporcionado tanto placer, tratándola como nadie la había tratado en su vida?

Momentos después, él se movió para que sus cuerpos quedaran alineados y la abrazó con fuerza. Ella apoyó la frente contra su pecho y percibió el latido de su corazón. Se sentía como en casa.

Segura.

Cuidada.

Más de lo que nunca se había sentido.

Rocco llevó la mano de nuevo hasta su entrepierna y le acarició el clítoris mientras la besaba. Ella se excitó enseguida, mucho antes de lo que hubiera imaginado posible después de haber tenido un orgasmo.

Deseaba suplicar, pero, al recordar que él le había dicho que lo haría, se mordió el labio para contenerse.

Después, él apoyó la frente contra la de ella. Charity notó su miembro erecto contra su entrepierna y supo que ambos lo deseaban.

–*Per favore* –susurró él en italiano.

–Sí –dijo ella, jadeando–. Por favor. Por favor, poséeme –estaba desesperada y no le importaba que él lo supiera. No solo estaba desesperada por placer, sino por encontrar una respuesta al vacío que sentía en su interior y que no había percibido hasta ese momento.

–¿Lo deseas? –susurró él–. ¿Quieres sentirme en tu interior?

–Sí –gimió ella, arqueando el cuerpo contra el de él.

Rocco la besó en los labios antes de retirarse para abrir el cajón de la mesilla y abrir un paquete.

Un preservativo.

No, no habían terminado. Ella estaba a punto de perder la virginidad. Con él. Y ni siquiera podía mostrar su temor. Su vergüenza. Sus dudas. Porque lo deseaba.

Él se desabrochó los pantalones y se los bajó antes de ponerse sobre ella y colocarse el preservativo. Cuando la penetró, ella sintió cómo su cuerpo se expandía provocando que se rompiera la fina barrera de tejido en su interior. Se puso tensa y apretó los ojos al sentir un intenso dolor que fue disipándose despacio cuando él la penetró del todo.

Charity apretó los dientes para no gemir, pero no lo consiguió. Rocco blasfemó con fuerza y se incorporó para mirarla, pero no dijo nada.

Ladeó la cabeza y la besó de forma apasionada antes de retirarse de su cuerpo para penetrarla otra vez. En esa ocasión no le resultó doloroso y, al poco tiempo, ella arqueó el cuerpo y comenzó a moverse al mismo ritmo que él. De pronto, notó que Rocco comenzaba a temblar. Él gimió y la penetró con fuerza una vez más, provocando que ambos alcanzaran el éxtasis.

Más tarde, ella abrió los ojos y miró el techo. Él estaba tumbado sobre su cuerpo como si estuviera protegiéndola por ser algo valioso.

No era así. Ella no era más que una delincuente y él era...

Intentó no pensar en la realidad, tratando de ignorar

la verdad a la que tarde o temprano tendría que enfrentarse. No quería hacerlo. Y menos en ese momento, cuando el placer todavía invadía su cuerpo.

Entonces, él se retiró y se levantó de la cama para ir al baño, cerrando la puerta tras de sí.

Charity permaneció donde estaba, mirando al techo y escuchando los ruidos de la calle.

La vida continuaba fuera, pero parecía que en aquella habitación el tiempo se había congelado.

Se abrió la puerta del baño y Rocco apareció completamente vestido. Excepto porque no llevaba corbata, tenía el mismo aspecto que cuando entró en el restaurante por primera vez. Como si no hubiera sucedido nada.

Como si hubieran compartido el café y la tarta en lugar de sus cuerpos.

–Tengo que ir a una reunión –dijo él–. Puedes quedarte aquí si lo deseas. La habitación está pagada hasta mañana.

–Yo...Yo...

–No te pediré nada más. Y confieso que no esperaba que cedieras tan fácilmente.

Sus palabras eran distantes y frías. Ella se sentó y trató de cubrirse el cuerpo con las manos para recuperar la dignidad.

–Te habría pedido mucho menos, *cara mia,* pero has hecho tan bien el papel de zorra que ¿cómo iba a detenerte?

Charity se sentía como si le hubieran dado una bofetada.

–Pero... Tú... Yo...

–¿Te has quedado sin habla? –arqueó una ceja–. Reconozco que ha estado bien, pero tristemente no tengo tiempo para repetir –se inclinó para recoger su corbata y se la puso.

Él era invulnerable. Y ella se sentía como si estuviera completamente desnuda. En cuerpo y alma.

–Ya te he dicho que no te pediré nada más. Considera que has pagado tu deuda. El sexo ha sido increíble, pero no estoy seguro de que valiera un millón de dólares. Creo que al final te has llevado la mejor parte del trato –se acercó a la puerta y antes de salir se volvió para mirar a Charity–. Quiero que recuerdes una cosa, Charity.

–¿Qué? –preguntó ella con nerviosismo.

–Que fue tal y como te dije que sería. Conseguí que suplicaras –dijo, antes de salir y cerrar la puerta con firmeza.

Charity permaneció sentada en el centro de la cama, abrazándose las rodillas. Se fijó en la sábana blanca y al ver una mancha de sangre se horrorizó.

Una lágrima rodó por su mejilla.

¿Qué había hecho? ¿En qué lío se había metido?

Nunca había sido una chica buena. Ni honrada. ¿Cómo podía serlo cuando lo primero que había aprendido era a engañar a personas desconocidas para que pensaran que necesitaba dinero y llevárselo a su padre? ¿Cómo podía ser buena cuando desde un principio había estado haciendo equilibrios entre el bien y el mal?

No obstante, había ciertas líneas que nunca había cruzado. Jamás había empleado su cuerpo de esa manera.

«La habitación está pagada...».

No. No se quedaría allí. No podía. Y no volvería a ponerse esa maldita lencería.

Se secó otra lágrima con rabia. Se derrumbaría más tarde, pero primero tenía que ocuparse de aquello.

Había cometido un gran error. Había mostrado su verdadero ser ante él.

Agarró el teléfono de la mesilla y llamó a recepción.

–Estoy en la habitación del señor Amari. Necesito un pantalón y una camiseta de talla mediana. Ropa interior de la talla ocho. Y el sujetador de la treinta y seis B. Cárguenlo a la habitación.

Colgó y se apoyó en las almohadas. No volvería a ponerse ese vestido, ni esos zapatos, ni las prendas de lencería.

Lo que había pedido sería lo último que aceptaría de Rocco Amari.

Después, se olvidaría de él. Y del hotel donde había perdido el orgullo y la virginidad al mismo tiempo.

A partir de ese momento, sería como si Rocco Amari hubiera muerto.

Había empleado su cuerpo para escapar, así que lo vería como una escapatoria de verdad. No más estafas. Nada de ayudar a su padre en otro asunto más.

Se marcharía de allí y comenzaría una nueva vida.

Después de aquello, nunca volvería a pensar en Rocco. Jamás volvería a aceptar nada de él.

Capítulo 3

ROCCO Amari era un bastardo. En todos los sentidos de la palabra. Él había sido consciente de ello desde muy temprana edad. Desde la primera vez que otros niños del vecindario se metieron con él por no tener un padre, hasta el momento en que vio cómo su madre, con el orgullo herido, aceptaba el dinero de un empleado del hombre que lo había engendrado para ayudarla a mantener la casa en la que vivían, con la condición de que nunca volvieran a contactar con él.

Desde entonces, él había sabido que no era más que el hijo ilegítimo de la amante de un hombre rico, y había aprendido a comportarse como un bastardo, en el sentido coloquial de la palabra, con el fin de conseguir el éxito en la vida.

En su persona no había lugar para la conciencia, ni para la compasión.

Las inversiones de capital de riesgo no eran un negocio que permitiera ser un hombre sensible y delicado. Uno debía estar dispuesto a proteger lo que era suyo, porque otras personas no dudarían a la hora de arrebatárselo.

Y teniendo en cuenta que era un bastardo y que no tenía ni una pizca de compasión, estaba enfadado por el hecho de que su encuentro con Charity Wyatt le había generado cargo de conciencia. Algo que no tenía cabida en su persona.

Su intención no había sido llegar tan lejos.

Su plan había sido llevarla a la habitación del hotel, desnudarla, humillarla y marcharse. Desde luego, nunca había imaginado que terminaría... No. Mantener relaciones sexuales para cobrarse el dinero que ella le había robado nunca había sido parte de su plan.

Sin embargo, las cosas no habían salido como él había planeado. Él había perdido el control.

Y quizá era lo más imperdonable de todo.

El resto se lo podía perdonar, pero la pérdida de control no.

Al llevarla a su habitación y pedirle que se desnudara, al conseguir que suplicara, le estaba demostrando que era él quien controlaba la situación, pero cuando ella se quitó la ropa y le mostró su cuerpo, algo cambió. Él no le había demostrado que tenía el control. Ella había conseguido que lo perdiera. Estaba seguro de que la había humillado, pero ¿a qué precio? ¿A costa de su propio orgullo?

Habían pasado casi dos meses desde su cita y, sin embargo, se despertaba por las noches empapado en sudor, soñando con las caricias que le había hecho con sus delicados dedos sobre el vientre. Con sus rizos oscuros sobre el torso, y con sus ojos de color carbón mirándolo con asombro.

Era algo que nunca le había sucedido antes. Las mujeres solían mirarlo con deseo, con satisfacción, pero nunca con el asombro que había percibido en la mirada de Charity. Y Rocco sabía por qué.

Cerró el puño enfadado. No debería importarle. ¿Qué más daba si una mujer había hecho el amor con cien hombres o con uno? No importaba. A un hombre como él no debería importarle. Y, sin embargo, le importaba.

Eso hacía que su pecado le pareciera mucho mayor, cuando ni siquiera deseaba sentir que había pecado. Normalmente vivía la vida tal y como elegía, manteniendo relaciones con mujeres cuando quería, gastándose el dinero en lo que quería y bebiendo lo que le apetecía. No daba explicaciones a nadie.

No obstante, allí estaba, arrepintiéndose de haber mantenido un encuentro sexual y sintiéndose culpable. Preocupado por la virginidad de una mujer que era de todo menos inocente, a pesar de su experiencia sexual.

Le resultaba inaceptable que aquella mujer todavía ocupara tanto espacio en su cabeza. Y también que no hubiera recuperado su dinero.

Tampoco tenía planeado dejarla escapar.

Y puesto que no había seguido su plan, debía replantearse qué iba a hacer.

Ya no podía llevarla a juicio porque le había prometido no denunciarla a cambio de sexo. Sin embargo, su intención no había sido acostarse con ella.

Lo había hecho, y eso limitaba sus opciones.

¿Desde cuándo la conciencia limitaba sus acciones?

Cuando sonó el timbre de su intercomunicador, contestó:

—¿Qué pasa?

—Señor Amari... –le dijo Nora, su secretaria–. Hay una mujer que se niega a marcharse.

Rocco apretó los dientes. Aquella no era la primera vez que sucedía algo así, y suponía que tampoco sería la última. Sería Elizabeth, la mujer con la que había roto su relación tres semanas atrás, u otra dispuesta a ocupar el puesto de amante que se había quedado vacante.

Era una lástima que no le gustara que lo persiguieran.

–Dile que no estoy de humor.

–Ya lo he hecho. Sigue aquí sentada.

–Entonces, llama a seguridad para que la echen.

–Pensé que debía llamarlo antes de recurrir a eso –dijo Nora.

–La próxima vez no te molestes. Llama a seguridad directamente. Tienes mi permiso.

Oyó que alguien hablaba y que Nora contestaba.

–Señor Amari, dice que se llama Charity Wyatt y que usted querrá recibirla.

Rocco se quedó helado.

No quería ver a Charity Wyatt.

–Dile que suba –dijo al fin. Sabía que se arrepentiría, pero no podía resistir la tentación de verla una vez más. De levantarle la falda y poseerla de nuevo, esa vez, inclinándola sobre el escritorio. Quería demostrarle que ella estaba igual de indefensa que él ante aquella potente atracción. Demostrarle que él no era débil.

Se levantó del escritorio y comenzó a pasear de un lado a otro, deteniéndose en cuanto oyó que llamaban suavemente a la puerta. Era evidente que Charity Wyatt no estaba tan desafiante como la última vez que se vieron.

«No estuvo desafiante durante mucho tiempo. Se derritió en cuanto la acariciaste».

Apretó los dientes y trató de controlar la reacción de su cuerpo.

–Pasa.

Se abrió la puerta y Rocco se sorprendió al verla. Era Charity, pero no se parecía a la mujer que él había visto antes. Ya no era la bella sirena con la que se había acostado en la suite del hotel. Frente a él, estaba una mujer vestida con pantalón negro y camiseta. Llevaba el cabello recogido en una coleta, un peinado más adecuado para una adolescente que para una veinteañera.

No llevaba maquillaje, solo una pizca de brillo de labios. Y tenía ojeras, como si no hubiera dormido bien.

Era evidente que no había ido hasta allí para seducirlo.

Rocco tuvo que hacer un esfuerzo para no sentirse decepcionado. No debería importarle. Escucharía lo que ella tuviera que decir y saldría a buscar a la primera mujer dispuesta a acompañarlo a su ático.

Ese era su problema. Desde que estuvo con Charity no había hecho más que trabajar y no había tenido oportunidad de acostarse con nadie. Dos meses era demasiado tiempo para un hombre como él.

Charity permaneció allí mirándolo y él no pudo evitar que su cuerpo reaccionara. Ella no debería estar allí. Era la mujer que había hecho que perdiera el control.

Necesitaba que se marchara.

—Bueno, es evidente que no has venido para acostarte conmigo, así que, te diré que tengo muy poca paciencia. Será mejor que hables cuanto antes.

Ella lo miró a los ojos, sin permitir que la asustara.

—Desde luego, no he venido para eso.

Él suspiró y miró los papeles que tenía sobre el escritorio.

—Cada vez estoy más impaciente. Arrodíllate ante mí o vete.

—No hay ningún motivo para que tenga que arrodi-

llarme ante ti. Ni para suplicarte, ni para complacerte.
Es una firme promesa.

La rabia lo invadió por dentro.

–Eso ya lo veremos, ¿te has olvidado de que tu futuro depende de mí?

Ella se cruzó de brazos y ladeó la cabeza.

–Antes de que empieces a amenazarme, debes saber que yo llevo tu futuro en el vientre.

Charity no pensaba darle la noticia de esa manera.

Su intención era mostrarse un poco más vulnerable. Por eso había ido vestida con su uniforme de camarera, para demostrarle cómo vivía en realidad.

Quizá fuera ridículo que intentara suscitar su compasión por segunda vez, pero necesitaba que comprendiera que no vivía por todo lo alto gracias a su dinero, porque justamente era su dinero lo que necesitaba.

Para su nueva vida. Para ella.

Para el bebé.

Era surrealista que fuera a tener un bebé con un extraño. Que fuera a haber una persona que compartiera el ADN con él y con ella. No parecía justo. Ni para ella, ni para el niño. Y no le importaba si para Rocco era justo o no.

Había ciertas cosas que nunca podría proporcionarle al bebé con sus ingresos. Y no debería sentirse avergonzada por ello. Asegurarse de que el bebé estuviera bien cuidado, y de que tuviera todo lo que merecía, implicaba sacrificar su orgullo.

No quería que él adoptara el papel de padre y tratara de formar una familia feliz con ella. Solo deseaba su dinero.

Quería lo mejor para el bebé. E intentaría aprender a ser una buena madre. Quería aprender a ser otra cosa aparte de ladrona.

Habían pasado treinta segundos desde que había soltado la noticia bomba y Rocco todavía no había dicho ni una palabra. Tenía derecho a asombrarse, igual que se había asombrado ella al hacerse la prueba. Al ver la rayita rosa que cambió su vida.

Sí, habían utilizado preservativo, pero ya se sabía que era un método que a veces fallaba.

Aun así, no podía evitar sentir que la habían castigado por cómo había manejado el asunto. Si hubiese rechazado la propuesta de Rocco, estaría en la cárcel en lugar de esperando a un bebé.

En cierto modo, tenía esperanzas positivas puestas en el bebé. Aquello podía ser el inicio del cambio hacia una nueva vida.

—¿Esa es tu manera de dar una noticia? —preguntó Rocco momentos después.

—Supongo que sí. No era mi plan, pero no esperaba que fueras tan desagradable. Supongo que ese ha sido mi primer error. Después de todo, nos hemos acostado.

—Empleamos protección —dijo él con frialdad.

—Sí, y yo hablé con los planetas cuando vi que se me retrasaba el período. No sirvió de nada.

—¿Y cómo sé que después de que nos separáramos no saliste corriendo para acostarte con el primer hombre que te cruzaras? ¿No será una venganza? ¿No intentarás hacerme creer que este bebé es mío?

Charity notó que la rabia la invadía por dentro.

—¿Cómo te atreves? Tú, el que me chantajeó para acostarse conmigo. Me robaste la virginidad a cambio del dinero que te robó mi padre. Un dinero que yo ni siquiera toqué –esa parte era verdad–. Tú eres el malo de esta película, Rocco Amari. No me quedaré impasible ante tus acusaciones. No permitiré que te quedes ahí, mirándome como si fueras superior cuando la realidad es que me obligaste a acostarme contigo.

–Puede que hiciera alguna de esas cosas, pero no te obligué a acostarte conmigo. Dijiste: sí, sí, por favor. Y te di lo que me suplicabas.

Ella miró a otro lado, sonrojándose.

–Era virgen. No hacía falta mucho para hacerme perder la cabeza.

–Ahora no te hagas la víctima. Yo nunca habría llegado tan lejos si no me lo hubieras pedido.

–¿De veras quieres decirme que no pretendías terminar manteniendo una relación sexual conmigo?

Rocco hizo una pausa y apretó los dientes.

–No. Lo único que deseaba era que me lo suplicaras, pero fuiste mucho más convincente de lo que esperaba.

–No olvides que tú también suplicaste.

–No tuve que suplicar mucho tiempo, ¿a que no?

–Te odio –dijo ella. Tragó saliva y preguntó indignada–: ¿Qué nos has hecho?

–Tu inexperiencia no disculpa tus actos, así que no me eches la culpa de todo a mí.

–Ah, ¿no quieres ser culpable? Entonces, quizá no deberías ir por ahí como si fueras el dios del universo. No puedes ser todopoderoso y no ser culpable. Me amenazaste, me hiciste sentir como si tuviera que obedecer para no acabar en la cárcel. Sí, reconozco que al final acepté, pero, si no me hubieras obligado, no habría ido a tu habitación. Es evidente que me he pasado la vida alejada de los hombres y de su habitación de hotel, así que, la tuya no iba a ser una excepción.

–Bien. Fui un monstruo. ¿Eso es lo que quieres oír? ¿Así se calma tu dolor? No debería, igual que tampoco cambia la situación.

–Me sorprende que admitas que eres un monstruo –dijo ella.

–Nunca me ha preocupado que me consideraran un hombre amable. No me importa si me comporté o no acorde a las normas morales. Yo quería triunfar. Lo hice, y lo seguiré haciendo. Lo demás es secundario. Tendré lo que es mío, y esa es mi mayor preocupación.

–No puedo devolverte el dinero. No sé dónde está mi padre. Si lo supiera, te aseguro que lo contaría. No lo estoy protegiendo. No soy tan sacrificada. Me acosté contigo para que me evitaras problemas, porque no querías escucharme. Te habría entregado a mi padre sin dudarlo, solo para evitar lo que pasó.

–Todo esto está de más –dijo él–. ¿Qué es lo que quieres?

–Quería que supieras lo del bebé porque quería darte la oportunidad de elegir si quieres formar parte de su vida o no.

Él la miró fijamente.

–¿Y qué papel esperas que juegue en la vida de un niño?

–Supongo que el papel de padre, puesto que es el papel que jugaste a la hora de concebirlo –ella sabía que él no iba a aceptarlo, pero tenía que preguntárselo. No había conocido a su madre y su padre siempre había estado distante. Debía darle a Rocco esa oportunidad.

Aunque sabía que él la rechazaría. Y ella se alegraría, porque lo último que quería era tener cualquier implicación con él.

Aparte del apoyo económico que sin duda él le ofrecería, y que ella y su bebé tanto necesitaban.

—No tengo ni la más mínima idea de cómo ser padre. No tuve uno.

—Bueno, yo no tengo madre y estoy a punto de convertirme en una. Al parecer, el hecho de que no se tenga padre o madre no es una forma efectiva de evitar el embarazo.

—No veo por qué quieres que me implique en la vida de ese bebé.

—Entonces, no lo hagas. Eso sí, tendrás que pagarle una pensión. No pienso criar a mi hijo sin dinero mientras tú cenas en sitios elegantes y pones los pies en alto en tu lujosa villa italiana.

—Por supuesto que pagaré una pensión de manutención. Si el niño es mío.

—Es tuyo. No he estado con ningún otro hombre. Nunca. Mi primera vez fue en tu suite del hotel. Y ha sido la única vez –tragó saliva–. Sé que lo sabes. Por otro lado, tú has estado con tantas mujeres que seguro que no sabes ni la cifra. Cuando fui a hacerme el análisis de sangre para confirmar mi embarazo, pedí que me hicieran un análisis completo para asegurarme de que no me has transmitido ninguna enfermedad.

—Siempre uso protección –contestó él, esbozando una sonrisa.

—Y es evidente que no siempre es eficaz.

—¿Necesitas dinero para el médico? –preguntó él.

—Lo necesitaré. A menos que pueda pedir alguna ayuda...

—¿Cuándo puedes hacerte la prueba de paternidad?

Ella cerró los puños. Comenzaba a sentirse un poco mareada.

–Dentro de unas semanas. Y por lo que he oído existe el riesgo de sufrir un aborto.

–Tú decides. Háblalo con tu médico, pero, si aceptas mi ayuda durante el embarazo y cuando nazca el bebé se descubre que no es mío, me deberás todo el dinero que te haya dado.

–Es probable que elija la segunda opción. Estoy completamente segura de cuál va a ser el resultado. No me preocupa deberte nada.

–Estupendo –dijo él–. Me ocuparé de que abran una cuenta para tus gastos médicos. Después del parto, cuando hayamos establecido legalmente la paternidad, acordaremos una pensión de manutención.

Ya estaba. Había ganado. Él había aceptado pasarle una pensión. Ella podría ofrecerle una buena vida a su hijo. Y él no iba a estar presente.

Por algún motivo, la sensación de victoria era mucho más vaga de lo que ella había imaginado. De hecho, no se sentía triunfadora. Solo un poco mareada.

Quizá porque estaba en shock. Llevaba así desde el momento en que se hizo la prueba de embarazo.

Era difícil sentirse triunfadora cuando todo aquello le parecía aterrador. Extraño.

–Supongo que sabes cómo contactar conmigo –dijo ella.

–Y tú también sabes dónde encontrarme. Evidentemente.

–¿Eso es todo?

Él se encogió de hombros y se dirigió a su silla detrás del escritorio.

–A menos que tengas otra pregunta. O alguna información acerca del paradero de tu padre.

–No.

–Es una pena. Infórmame cuando tengas los resultados de la prueba de paternidad.

–Quieres decir cuando nazca el bebé.

–Imagino que será a la vez –dijo él, mirando a otro lado, como si ella ya se hubiera marchado.

–Te llamaré. O a tu secretaria –dijo ella, y salió por la puerta.

Consiguió mantener la compostura hasta llegar a la recepción. Una vez allí, comenzó a llorar. Estaba temblando. No sabía por qué le importaba tanto si él se interesaba o no por su hijo. No quería que lo hiciera. ¿Por qué se sentía tan culpable?

«Porque sabes lo doloroso que es. Sabes que el dolor perdura».

Ella conocía el dolor del abandono y sabía que no se pasaba.

Odiaba que su hijo comenzara la vida como ella había empezado la suya. Y le parecía aterrador que las necesidades de su hijo le parecieran más importantes que las suyas.

Ella continuó caminando y, nada más salir del edificio, tomó una bocanada de aire fresco. Toda su vida estaba cambiando. No era el fin del mundo, solo el comienzo de uno diferente. Y no, su hijo no tendría padre, pero ella sabía por experiencia que era peor tener un padre horrible que no tener ninguno.

Y su hijo tendría una madre. De eso no había dudas.

Era aterrador. Era una camarera de veintidós años que acababa de empezar su propia vida y, desde luego, no quería mantener la forma de vida que su padre había tratado de inculcarle. Una forma de vida en la que ella había participado porque no sabía qué más podía hacer.

Aún no sabía qué hacer, pero con la ayuda económica que Rocco iba a proporcionarle, no tendría que participar en más engaños. Quizá buscaría una casa en el campo. Quizá pudiera hacerse amiga de otras madres. Quizá tuviera que inventarse una historia acerca de sus orígenes y de lo que le había sucedido al padre de su bebé.

A lo mejor, ese podría ser su último engaño. Una forma de vida. Algo normal, algo feliz.

La idea la hizo sonreír.

Las cosas iban a cambiar, pero era lo que necesitaba. Desesperadamente. Necesitaba cambiar. Tal vez, era la oportunidad de tener una verdadera relación. De amar a alguien sin reservas. Y de sentirse amada.

Un amor que ni su hijo ni ella tendrían que ganarse.

Cerró los ojos y se secó las lágrimas que rodaban por sus mejillas. No necesitaba que Rocco Amari fuera feliz. Ni tampoco su hijo.

Todo ese asunto de su padre había comenzado con uno de los errores más grandes de su vida, pero quizá pudiera suceder algo asombroso de ello.

En cualquier caso, era un capítulo nuevo. Había terminado con su padre. Había terminado con la vida que habían llevado juntos. Y ya no iba a estafar a nadie más.

También había terminado con Rocco, excepto por el apoyo económico que él iba a ofrecerle. Era una vida nueva, un nuevo comienzo.

Y tras haber superado la parte más difícil, estaba preparada para empezar.

Capítulo 4

LA HABITACIÓN estaba vacía. No quedaba nada que pudiera identificar a la persona que podía vivir en aquella pequeña casa de Roma. Ningún juguete que demostrara que un niño jugaba allí. Ni ollas ni sartenes en la cocina, nada que demostrara que una madre vivía allí. Una madre que cocinaba la cena cada noche, al margen de que las porciones fueran modestas.

Ni siquiera estaban las mantas que solían estar en una esquina del salón.

Y había unos desconocidos sonrientes, aunque no había motivo alguno para sonreír.

Sus juguetes no estaban.

Y su madre tampoco.

Daba igual cuántas veces hubiera preguntado él dónde estaba, nadie le contestó nunca. Solo le aseguraron que todo saldría bien, cuando él sabía que nada volvería a estar bien nunca más.

La habitación estaba vacía y no encontraba nada de lo que necesitaba.

Rocco despertó empapado en sudor y con el corazón acelerado. Por supuesto, su habitación no estaba vacía. Estaba durmiendo en una enorme cama con almohadas y mantas por todos sitios. En la esquina, estaba su vestidor y en la pared un televisor de pantalla plana. Todo estaba en su sitio.

Y lo más importante, él no era un niño pequeño. Era un hombre. Y no era indefenso.

Sin embargo, por algún motivo, a pesar de que a menudo tenía ese sueño, la inquietud no se le pasaba.

Salió de la cama y se acercó al mueble bar que estaba junto a la puerta. Necesitaba una copa, y después podría volver a acostarse.

Encendió la luz y sacó una botella de whisky. Se sirvió una copa con manos temblorosas y bebió un sorbo. Recordó el sueño que había tenido y, de pronto, la cara del niño había cambiado. Ya no era él, sino un niño que tenía una madre con expresión desafiante y cabello oscuro.

Rocco blasfemó y dejó la copa sobre el mueble bar. No había motivo para que tuviera que formar parte de la vida del niño que Charity llevaba en el vientre. La probabilidad de que estuviera embarazada era pequeña. Y de que él fuera el padre mucho menor. Era una estrategia para engañarlo. Era una estafadora, como su padre, y él lo sabía.

Sí, también sabía que era virgen cuando se acostó con ella, pero igual era parte de su engaño. No estaba seguro.

Debía olvidar todo lo que había sucedido. Olvidar que ella había ido a verlo. Él podría enviarle dinero cada mes, ella y el bebé tendrían lo necesario y él podría continuar con su vida como siempre.

Sin embargo, no podía olvidar sus tristes ojos marrones. Miró la copa, levantó el vaso y lo lanzó contra la pared, observando cómo se rompía en mil pedazos. No le importaba.

Y tampoco debería importarle Charity Wyatt y el bebé que quizá llevara en el vientre.

«¿Abandonarías a tu hijo? ¿En eso te has convertido?».

Era una voz del pasado. La de su madre. Una mujer que había dejado a su padre y su vida de lujo para tenerlo a él. Que poco antes había vendido sus joyas y su ropa. Una madre que había trabajado en una fábrica por las noches, caminando de regreso a casa de madrugada, sola.

Su madre lo había dado todo, hasta que perdió la vida tratando de cuidar de él.

Y él estaba dispuesto a dejar a su hijo con tan solo una cantidad de dinero mensual.

Trató de ignorar el sentimiento de culpa que hacía que le costara respirar. No creía en la culpa. Era inútil. No servía de nada. Era mejor actuar.

¿Qué podía hacer? ¿Quedarse con el bebé? ¿Convertir a Charity en su esposa? ¿Formar una familia con la mujer que le había estafado un millón de dólares?

¿La mujer que había puesto a prueba su capacidad de control?

Inaceptable.

No podía ser. No le debía nada. Ni siquiera la pensión de manutención para su hijo. Seguía casi convencido de que ella tenía su dinero escondido en algún sitio. Un millón de dólares metido en alguna cuenta para su uso personal.

En realidad, él estaba siendo generoso al ofrecerle dinero.

Sacó otro vaso del bar y se sirvió otro whisky. No

volvería a pensar en eso. Le pediría a su secretaria que se ocupara de concertar las citas médicas de Charity para que recibiera la mejor atención posible. Otro gesto de generosidad.

Había tomado la decisión correcta. Y no volvería a cuestionarla.

Se bebió el resto del whisky y regresó a la cama.

Charity se sentía horrible desde hacía dos semanas. Todo lo que comía le sentaba mal y no tenía casi energía. Además, había faltado tantos días al restaurante que su situación económica estaba complicándose.

Ese día tenía su primera cita con el doctor en una clínica que Rocco había escogido. Era extraño ir a una clínica que había elegido el hombre que intentaba mantenerse alejado de todo aquello.

Aunque suponía que la clínica la habría elegido su secretaria y eso le resultaba más fácil de asimilar. El lugar era de alto *standing,* mucho mejor que la clínica donde se había hecho la analítica al principio del embarazo. En lugar de sillas de plástico y suelo de baldosas, había moqueta y una sala de espera que parecía más el salón de una casa acogedora.

Era asombroso lo que se podía conseguir con un poco de dinero. O con mucho, en ese caso. Casi podía comprender por qué su padre estaba tan ansioso por juntarse con la élite y disfrutar de los frutos de su trabajo.

Por supuesto, Charity había descubierto que el riesgo no merecía la pena. Un poco tarde, sin embargo.

–¿Señorita Wyatt? –una mujer asomó la cabeza por la puerta de la consulta.

Charity agarró su botella de agua y se puso en pie. Siguió a la mujer hasta una báscula para que la pesaran y después hasta una salita donde había un camisón blanco sobre una silla y una camilla.

–La doctora pasará a verla enseguida. Quítese la ropa y póngase el camisón –dijo la mujer.

Charity asintió. En teoría, todo lo relacionado con el bebé iba bien, pero siempre le quedaba alguna duda.

Se quitó la ropa, se puso el camisón y esperó sentada en la camilla.

Cuando llamaron a la puerta, contestó:

–Pase.

Entró una mujer sonriente vestida con una bata y Charity sonrió también. Después, entró un hombre trajeado, con el cabello negro peinado hacia atrás y con un brillo en sus ojos oscuros que ella no pudo identificar. Tampoco deseaba hacerlo. Igual que hubiera preferido no identificar al hombre.

Rocco estaba allí. Y ella se sentía como si le hubieran dado un puñetazo.

–Bueno, ahora que ha llegado el padre, supongo que estamos listos para comenzar –dijo la doctora.

–Vaya sorpresa –dijo Charity–. Rocco –le dijo–. No te esperaba.

–Supongo que no. Yo tampoco pensaba venir y, sin embargo, aquí estoy –no parecía muy contento al respecto.

Charity se estiró el camisón para tratar de cubrirse las piernas lo máximo posible.

–No comprendo cómo puedes haberte sorprendido a ti mismo.

Ella estaba sorprendida, pero hizo lo posible para que él no lo notara. Se había prometido que no le mostraría quién era en realidad. No lo merecía. Y él ya sabía bastante acerca de ella.

–Vivimos un momento extraño e interesante –dijo él, sentándose en una silla frente a la camilla.

La doctora miró a Rocco y después a ella:

–Todo va bien –dijo Rocco, sin molestarse en mirar a Charity–. Solo es una pequeña discusión.

Charity resopló.

–Sí, una disputa entre amantes –Rocco y ella ni siquiera podían decir que eran amantes. Solo se habían acostado una vez. El amor no tenía lugar en todo aquello. Él la había utilizado. Humillado.

–¿A qué estamos esperando? –dijo Rocco, mirando a su alrededor.

La doctora pestañeó y buscó en la pantalla el informe de Charity.

–Bueno, Charity, vas bien de peso. Y todo es normal en el análisis de orina.

Charity se sonrojó al oír lo de la orina. Algo ridículo, puesto que Rocco la había visto desnuda.

–Me alegra saberlo –dijo.

–Y ahora vamos a intentar ver si oímos el latido de su corazón. Si no lo conseguimos es porque es muy pronto, así que no os preocupéis.

Rocco la miraba fijamente. Quizá por eso había ido, para ver si podía escuchar el latido y comprobar si ella estaba diciendo la verdad. La doctora se levantó y se puso unos guantes de goma.

–¿Puedes tumbarte, por favor?

Charity miró a Rocco.

–Por favor, colócate detrás de mis hombros.

–No has concebido al bebé tú sola –dijo él–. Ambos sabemos que te he visto antes.

La doctora pestañeó asombrada.

–Tendrás que disculparlo –dijo Charity–. Se crio con los lobos. Hicieron un pésimo trabajo.

Rocco se encogió de hombros y sonrió.

–El fundador de Roma también se crio con los lobos. Me considero en buena compañía.

–Estupendo, Rómulo, ponte detrás de mí.

Charity se sorprendió al ver que obedecía, pero quizá tenía prisa. Ella se tumbó y la doctora sacó una sábana para cubrirle las piernas.

Después le puso un poco de gel sobre el vientre y comenzó a hacerle la ecografía. De pronto, se percibió el sonido de un latido.

–Eso es –dijo con entusiasmo–. Eso es el latido del bebé.

Charity miró a Rocco y se arrepintió al instante. No debería importarle su manera de reaccionar, y de hecho pensaba que él no mostraría reacción alguna. Sin embargo, su rostro se volvió de piedra, como si fuera una estatua.

Era realmente atractivo, pero era mal momento para pensar en ello. El tono dorado de su piel, los rasgos angulosos de sus pómulos, su mentón. La curva sensual de su boca.

¿Tendría su hijo la misma expresión que él? ¿Y el cabello liso y oscuro como su padre? ¿O rizado y negro como ella?

Rocco frunció el ceño.

–No parece un latido –comentó.

–A mí sí me lo parece –dijo la doctora, sin dejarse intimidar por Rocco.

Había un brillo extraño en la mirada de Rocco que ella no fue capaz de identificar.

–Va muy deprisa –dijo él.

–Es normal –repuso la doctora–. Fuerte y sin motivos para preocuparse –miró a Charity.

–Está embarazada –afirmó Rocco.

La doctora arqueó las cejas.

–Sin duda.

–Ya veo –dijo él.

Durante un momento, nadie dijo nada más. Solo se oía el sonido del bebé y en la pantalla se veía el gráfico de los latidos.

–¿Tenéis alguna pregunta para mí? –dijo la doctora.

Charity negó con la cabeza, incapaz de pronunciar palabra. Apenas podía pensar.

–Entonces, te veré dentro de cuatro semanas. No tienes por qué preocuparte por nada. Todo va según debería ir.

La doctora le retiró el gel del vientre con la sábana y añadió antes de marcharse:

–Ya te puedes vestir.

Charity y Rocco se quedaron a solas.

–¿Puedes marcharte, por favor?

–¿Por qué? –preguntó él.

–Tengo que vestirme.

Él coloco las manos detrás de la cabeza y se reclinó contra el respaldo de la silla.

–Estás siendo muy modesta. Ambos sabemos que posees un poco más de descaro.

–Bien. Si lo que quieres es un espectáculo, disfrútalo.

Se levantó y dejó caer la sábana al suelo. Se desabrochó el camisón y se lo quitó, consciente de que se quedaba desnuda ante él.

Estaba demasiado enfadada como para sentirse

avergonzada. No le importaba que él la mirara. Tenía razón, él ya la había visto desnuda. Y la había tocado. Ese era el motivo por el que las cosas estaban de esa manera.

Cuando terminó de vestirse, se volvió hacia Rocco. Él la estaba mirando fijamente.

–Debería haber cobrado entrada –dijo ella.

–La chica ingenua me resultaba mucho más atractiva. ¿Quizá puedas retroceder?

–Ambos sabemos que ya no puedo comportarme como una ingenua. He perdido la inocencia en algún sitio.

Él esbozó una sonrisa.

–Así es. Aunque empiezo a pensar que la virginidad no tiene nada que ver con la inocencia.

–No voy a discutir contigo sobre eso.

–¿Estás admitiendo tu culpa?

–Por supuesto que no. Solo digo que mi inocencia no está relacionada con si me he acostado con un hombre o no.

–Es cierto que eras virgen, ¿no?

Ella alzó la barbilla y lo miró.

–¿Es importante?

Él la miró y, durante un instante, Charity tuvo la sensación de percibir una expresión de culpabilidad en su mirada.

–No especialmente. Si tuviera conciencia, supongo que me habría afectado una pizca. Afortunadamente para los dos, no la tengo. Aunque puede que influya en lo convencido que estoy acerca de si la criatura que llevas en el vientre es mía.

–Es tuya. No me he acostado con nadie más –hizo una pausa–. Así te cuesta más insultarme, ¿no?

—Puede que te resulte extraño –dijo él–, pero no he venido aquí para insultarte.

—Pues, desde luego, no has venido a traerme flores y a deshacerte en cumplidos. ¿A qué has venido?

—He cambiado de opinión.

—¿Qué quieres decir?

Rocco se puso en pie y comenzó a caminar de un lado a otro.

—He decidido que pasarte una pensión no es suficiente. Quiero a mi hijo –dijo, mirándola fijamente–. No solo a mi hijo, te quiero a ti.

Capítulo 5

ROCCO había conseguido sorprenderla. Ella lo miraba boquiabierta.

–¿Hay algo confuso en lo que acabo de decir? –preguntó él.

Sintió un pequeño cosquilleo en el estómago. Un poco de... Si hubiese sido otro hombre, habría pensado que era inseguridad, pero eso era imposible–. Lo que quiero decir es que voy a quedarme con el bebé, y contigo también, puesto que la idea de que mi hijo no tenga madre me parece inaceptable. Todavía me falta un millón de dólares. No me parece que quedarme contigo a cambio del dinero sea algo poco razonable.

–No puedes quedarte conmigo –dijo enfadada–. ¿Qué quieres decir? No puedes quedarte con una persona.

Él frunció el ceño.

–Desde luego que puedo. Tengo una villa en la costa de Amalfi, y pretendo llevarte allí.

–No hablas en serio.

–Muy en serio. Voy a llevarte allí.

–No puedo marcharme –dijo ella–. ¿Quién cuidará de mi gato?

–¿Tienes un gato?

Ella lo miró a los ojos.

–No, pero podría tenerlo.

–Entonces, si no tienes gato, no hay problema. Todo arreglado. Te vienes conmigo. Ahora.

–¿Y mi trabajo?

–¿Qué pasa con tu trabajo? –dijo él–. Eres camarera. Y, puesto que eres la madre de mi hijo, no tendrás que servir mesas nunca más.

–No lo comprendo. Hace un par de semanas me echaste de tu lado, prometiéndome que no volverías a contactar conmigo y que me darías dinero.

–Y parecía que tú querías que me implicara en la vida de tu hijo.

–No te necesito en su vida. Solo necesito apoyo económico.

–No estoy de acuerdo.

–Dijiste que no querías ser padre –dijo ella.

–Y sin embargo, parece que voy a serlo. No porque haya querido, pero, puesto que no hay más remedio, creo que la situación puede salvarse.

–Creo que ya la hemos salvado bastante bien.

–¿Por qué? ¿Porque tienes mi dinero? ¿Qué piensas hacer con el bebé? ¿Mandarlo con unos familiares? Mientras tú sigues recibiendo mi dinero.

–No. Tengo intención de criar a mi hijo, pero no necesito que tú lo hagas –dijo ella, con tono desafiante.

–Tengo tanto derecho como tú. Soy el padre.

–Te odio.

Él se rio.

–¿Se supone que debo sentirme molesto? No eres la primera mujer que me odia, y seguro que tampoco la última. Sin embargo, eres la primera que lleva a mi hijo en el vientre. Y me quedaré con los dos. Esto es innegociable.

–¿O qué pasará? –preguntó ella, con los brazos cruzados.

–Ir a la cárcel sigue siendo una opción –dijo él.

Ella pestañeó.

–No serías capaz de mandarme a prisión.

–Allí cuidan muy bien a las mujeres embarazadas –la miró fijamente, asegurándose de que ella comprendía que no era una falsa amenaza–. No me gustaría explicarle a mi hijo que su madre era una delincuente, pero haré lo que tenga que hacer.

–Eres un bastardo.

–Así es. Y a lo mejor quieres tener cuidado con cómo empleas ese término puesto que, técnicamente, nuestro hijo también es bastardo.

–¿Cómo te atreves?

–Es la realidad, *cara mia*. Si no te gusta, haz algo para cambiarla.

–¿Qué puedo hacer?

–Podrías casarte conmigo –repuso él.

Era la versión más extrema de su plan, pero tampoco le parecía terrible. No veía motivos para pensar que el matrimonio afectaría a su estilo de vida. O al de ella. Y al menos le brindaría una forma de vida confortable a su hijo. Era algo de lo que él había carecido durante su infancia, y no quería que su hijo sufriera lo mismo que él.

Desde que ella había ido a contarle que estaba embarazada, todas las noches tenía la misma pesadilla. La casa vacía, el niño preguntón. El niño que después se convertía en hijo suyo.

Y desde entonces, supo que era lo que tenía que hacer.

Él se había convertido en un hombre egoísta. No

había conectado con ninguna persona desde la muerte de su madre. Las casas por las que había pasado no le habían ofrecido nada, ni consuelo ni amor. Y cuando comenzó a trabajar, decidió hacerlo de manera despiadada. La vida en la calle le había enseñado que tendría que cuidar de sí mismo porque nadie más lo haría.

La suerte que corrió su madre le había enseñado que debía convertirse en la persona más peligrosa de la calle, o se convertiría en víctima.

Rocco Amari se negaba a convertirse en víctima.

Y además, se sentía conectado con ese niño. El niño de su sueño. No podía decir que fuera una visión, porque no creía en ese tipo de cosas, pero tampoco podía ignorarlo.

Sus pesadillas habían provocado que fuera allí a confirmar que Charity estaba embarazada. Y nada más escuchar el latido del corazón del bebé, supo qué era lo que tenía que hacer. Formaría una familia y un entorno estable para su hijo.

Estaba decidido.

—¿Estás loco? —preguntó ella, dando un paso atrás.

—No.

—Lo dices con mucha seguridad, para ser alguien que está loco de verdad —dijo ella.

—No tienes que contestarme ahora, pero sí vendrás conmigo a la isla.

—¿Si no iré a la cárcel?

Él sonrió.

—A la cárcel. Una vez más, creo que la elección es sencilla.

—Tenía que haber salido corriendo.

—¿Antes o después de la estafa?

Ella empalideció.

–No quiero hablar más –dijo ella–. No tengo elección, ¿verdad?

Él se acercó a ella y notó que su cuerpo reaccionaba. Había algo en ella que llamaba su atención. Algo elemental. Algo que no podía descifrar.

–¿La hemos tenido alguna vez? –preguntó sin pensar.

Se preguntaba si había tenido elección en lo que a ella se refería. Y si, en lugar de ser la mujer que le había robado el dinero, la hubiera conocido en un bar, también se habría acostado con ella.

Si, al margen de las circunstancias, habría existido esa conexión entre ellos.

–Yo no –dijo ella.

–Elegiste cuando decidiste ayudar a tu padre a robarme el dinero. Y ahora soy yo quien hace las elecciones. Vendrás conmigo. Ahora. Ya sabes que no hago falsas amenazas.

–Entonces –dijo ella–, quizá deberías acompañarme a tu jet privado.

–Lo haré. No comentas ningún error, *cara,* ahora eres mía. Y hacia finales de semana decidiré exactamente qué voy a hacer contigo.

Por segunda vez, Charity se encontró leyendo las instrucciones que acompañaban a una bolsa de ropa.

Se sentía como si estuviera soñando, pero no era un buen sueño. Habían salido de la consulta del médico para subirse a un avión y volar hasta Italia por la noche. Rocco la había ignorado durante todo el vuelo, y ella había dormido casi todo el camino.

En el trayecto en coche hasta la casa, él permaneció

en silencio. Charity había intentado mostrarse indiferente desde el momento en que subió al avión, pero cuando llegó a Italia y vio la belleza del país le resultó imposible.

Las calles estrechas, los edificios altos y los balcones llenos de flores eran demasiado bonitos como para ignorarlos. Apoyó la nariz contra el cristal de la limusina y observó el paisaje. Cuando llegaron al pie de una colina, desde donde se veía el mar azul, y vio la enorme villa, se quedó boquiabierta.

Poco después estaba instalada en su dormitorio. Era más grande y luminosa que la suite del hotel de Nueva York donde Rocco la había seducido, y tenía una cama con dosel del que colgaban unas cortinas blancas.

No obstante, ella no conseguía librarse de la fuerte presión que sentía en el pecho.

Y además, aquella nota...

Te reunirás conmigo para cenar y te pondrás el vestido que te he mandado. Tenemos mucho de qué hablar.
R.

Por desgracia, aquella situación le resultaba familiar. Lo peor de todo era que, igual que la primera vez, no tenía posibilidad de negarse.

Estaba cansada. El cambio de hora y la noche en el avión empezaban a pasarle factura. Se quitó la blusa y la falda, abrió la bolsa y sacó un vestido amarillo de tela fina. Se lo puso y se volvió para mirarse en el espejo. Por desgracia, parecía igual de cansada de lo que se sentía. Suspiró y se soltó el cabello, ahuecándoselo con los dedos. Siempre había imaginado que el cabello negro y rizado era un regalo de su madre. Un regalo que siempre hacía que peinarse fuera una verdadera tarea. El regalo de una mujer que nunca se había molestado en buscar a la hija que había dado a luz.

Agarró su bolso y sacó su lápiz de labios. Se pintó y comprobó que ayudaba a que pareciera menos cansada. Lo necesitaba. Deseaba tener una pequeña armadura para que él no pensara que había ganado.

Arqueó una ceja y dijo, mirándose al espejo:

—Estás en su casa, en un país extranjero. No hablas el idioma. Él es billonario. No hay duda de quién va a ganar.

Suspiró y se volvió de espaldas al espejo.

Abrió la puerta y se dirigió por el pasillo hasta la escalera. Se agarró a la barandilla y comenzó la cuenta atrás.

Diez. Nueve. Ocho.

Era fuerte. Podría mantener la compostura.

Siete. Seis. Cinco.

Él la había llevado hasta allí, pero no la controlaba.

Cuatro. Tres. Dos.

Ya no importaba que él la hubiera hecho sentir vulnerable en la habitación del hotel. Se había vuelto insensible a él.

Uno.

Llegó a la base de la escalera y levantó la vista. Rocco estaba allí, mirándola con sus ojos oscuros y tendiéndole la mano.

Ella respiró hondo. Tenía el corazón acelerado y un nudo en el estómago.

—Me alegro de que hayas venido —dijo él, mirándola de arriba abajo—. Sabía que ese color te quedaría bien.

–No puedes imaginarte cómo me alivia que te guste. Estaba realmente preocupada.

–Venga, ¿tenemos que discutir por todo? Dame la mano.

–No, gracias, puedo andar sola. Probablemente mejor que sin que tú me lleves al abismo. Vaya, supongo que sí debemos pelear por todo.

Él arqueó una ceja y bajó la mano.

–La cena está servida en la terraza. Y aunque tiene vistas a un acantilado, no tengo ninguna intención de empujarte al abismo.

–¿Pretendes que confíe en ti? No confío en nadie –dijo ella, mientras lo seguía por el suelo de mármol.

–Ya veo. ¿Y por qué no confías en nadie? Porque me resulta una postura curiosa para alguien como tú. Entendería que una de tus víctimas no confiara nunca más en alguien, pero...

–Yo no tengo víctimas –dijo ella–. Son objetivos.

–¿Estás admitiendo algo?

–No –dijo ella, mirando a otro lado–. Para nada.

–No vas a convencerme de tu inocencia. Puedes dejar de negarlo.

–¿Debería hacerte una confesión por escrito y firmada?

–Podrías empezar por contestar mi pregunta sin más.

–¿Por qué no confío en la gente? Porque sé lo que pasa cuando se confía en la gente. Mi padre es un estafador. Siempre lo ha sido. El tiempo de calidad que pasaba con él consistía en llevar a cabo estafas que requerían abusar de la simpatía que la gente muestra hacia los niños. No era un fin de semana de vacaciones. ¿Por qué iba a confiar en la gente?

Rocco abrió las puertas que daban a una gran terraza con vistas al océano. Se volvió para mirarla y dijo:

–No deberías confiar en la gente. Al menos, según mi experiencia. Y desde luego no confíes en mí.

Ella lo siguió y vio que había una mesa servida para dos personas. En una bandeja había aceitunas y otras delicias italianas, una cesta de pan, una copa de vino para él y agua para ella.

–Yo no confío en ti.

Él sacó una silla y le indicó que se sentara.

–Bien. No necesito que confíes en mí. Simplemente necesito que te quedes conmigo. Siéntate.

Ella lo miró a los ojos y obedeció.

–¿Qué quieres decir con lo de quedarte conmigo?

–He decidido que quiero formar parte de la vida de mi hijo. Yo me separé de mis padres a muy temprana edad. No puedo hacerle lo mismo a alguien de mi sangre.

–Bueno... Yo siento lo mismo. Al menos por lo que a mí respecta –era la verdad. No se planteaba la opción de que su hijo se criara sin madre. El hecho de que su madre la abandonara con su padre y nunca hubiese tratado de contactar con ella otra vez le había resultado muy doloroso. Era impensable que pudiera hacer lo mismo con su hijo.

–Entonces, está decidido. ¿Fijamos una fecha para la boda?

–No voy a casarme contigo.

–No es necesario que nos casemos. En eso soy flexible, pero creo que deberíamos compartir casa, ¿no crees? Así el niño no tendrá que ir de un lado a otro.

–¿Sugieres que vivamos juntos?

–Si te niegas a casarte conmigo, podemos vivir juntos sin más.

–Pero... No lo comprendo. Es evidente que no quieres una relación conmigo.

–Por supuesto que no. No me importas nada. Excepto por lo que significas para nuestro bebé. Aunque nos casáramos, continuaríamos llevando vidas separadas.

–No quiero casarme contigo.

–Yo no he dicho que quiera casarme contigo –dijo él, sentándose frente a ella–. Solo que me parece una opción.

Ella lo miró.

–¿Me crees con lo del bebé?

–Sí.

–Y quieres al bebé. Quieres ser padre.

–Voy a ser padre. Eso significa que no me queda más remedio –contestó él.

–¿Por qué has cambiado de opinión?

–Cuando era pequeño vivía en Roma –agarró la copa de vino–. Residíamos en un barrio muy pobre. Nunca conocí a mi padre. Me desperté una mañana y la casa estaba vacía. Se habían llevado todo. Y había unos desconocidos allí. Mi madre se había marchado. Yo no paré de preguntar dónde estaba, pero nadie me contestó. Más tarde descubrí que se había matado de regreso a casa desde el trabajo. Supongo que el casero se llevó todas nuestras pertenencias y me dejó solo, pero no conozco los detalles. Son recuerdos de la infancia. Tenía cinco años y no lo recuerdo muy bien, pero ahora sé lo que significa estar solo. Sé lo que es sentirse perdido. No quiero lo mismo para mi hijo. Quiero que tenga una casa llena. Que nos tenga a los dos. Que si se despierta a mitad de noche no se sienta solo.

Sintió una fuerte presión en el pecho. Ella agarró una aceituna y jugueteó con ella. Cuando otra gente se emocionaba se sentía incómoda. Según su experiencia, empatizar con otros era peligroso. Y le hubiera impedido hacer todo lo que su padre le había pedido que hiciera durante la infancia, porque habría tenido cargo de conciencia.

No obstante, en aquella ocasión, le resultaba muy difícil no empatizar. Era fácil imaginar a un niño sintiéndose solo en una casa vacía. Porque ella también había sentido lo mismo.

–Algunas noches mi padre salía a algún evento y no podía llevarme con él. Me decía que cerrara la puerta con llave y que no abriera a nadie. Teníamos una contraseña, así que cuando regresaba de madrugada me la decía para que yo no tuviera miedo. A veces no volvía y me quedaba sola toda la noche. Normalmente, me quedaba dormida, pero a veces me despertaba a beber agua o algo así. Y la casa estaba vacía. Tenía miedo –miró a Rocco a los ojos–. Yo tampoco quiero eso para mi hijo. Quiero lo mismo que tú.

Tenía un nudo en el estómago. En realidad no quería tener nada que ver con él. Rocco la había utilizado, había hecho que bajara la barrera que la separaba del mundo y la había vuelto vulnerable hacia él. No podía olvidarlo.

–Lo tendrá –dijo Rocco, con una seguridad tranquilizadora–. Sentirse solo de niño es aterrador. Siento que tú te sintieras sola. Conozco esa sensación. Es... Ahora la evito a toda costa.

Ella tragó saliva, emocionada.

–Gracias.

De pronto, como si él no se hubiese ablandado delante de ella, él se enderezó y su mirada se volvió indescifrable.

–Ya está todo arreglado. Nos quedaremos aquí durante un tiempo.

–¿Por qué? –preguntó ella, con el corazón acelerado.

–Porque no confío en ti. Temo que encuentres la manera de escapar con mi dinero y mi hijo. Tu palabra tiene un valor limitado.

–Estoy siendo sincera contigo –dijo ella. Era todo lo que podía decir.

–No soy capaz de anticipar tus intenciones, y eso me inquieta. ¿Eres una estafadora experta? ¿Eres una virgen inocente? ¿Eres una chica dura que se vio obligada a delinquir a causa de las circunstancias en las que te criaste? No lo sé, porque te he visto actuar de todas esas maneras. Y lo haces muy bien.

–A lo mejor soy todo eso –agarró el vaso de agua–. ¿Y tú? ¿Quién eres tú? ¿Un niño que se sentía solo por no tener madre? ¿O el depredador que me hizo chantaje para acostarse conmigo?

–Sin duda, soy lo segundo. Hace tiempo que decidí dejar atrás mi pasado. Sentirte culpable no te beneficia, Charity. Cuando se toman decisiones hay que llevarlas a cabo.

–Entonces, ¿crees que no debería sentirme culpable acerca del dinero que mi padre se llevó y mi participación en la estafa?

Él bebió un sorbo de vino.

–¿Si yo fuera tú? No me sentiría nada culpable. Sin embargo, yo no soy tú. Yo soy yo, y tenía que asegurarme de que pagaras por lo que hiciste.

–Con sexo.

–Ya te lo he dicho –dijo él, mirándola a los ojos–. Eso no era parte del plan.

–Y yo ya te he dicho que no confío en la gente. No estoy segura de por qué piensas que debería confiar en tu palabra.

–Porque no tengo motivos para mentirte. En ese tema, no.

Charity se rio y agarró un pedazo de pan de la cesta.

–¿Quién le va a enseñar valores morales a nuestro hijo? Parece que tanto tú como yo carecemos de ellos.

¿Cómo iba ella a enseñarle a un niño lo que está bien o mal? ¿Cómo se suponía que iba a aplicarle consecuencias cuando se portara mal, si ella había pasado parte de su vida evitando las consecuencias?

Cuando ella misma había sido ladrona durante mucho tiempo.

Por primera vez, se preguntaba si merecía ir a prisión. No quería, pero era culpable de todo lo que la acusaban.

Cerró los puños con fuerza. Tenía un nudo en el estómago. No podía ir a prisión. Si no, su hijo no tendría madre.

Podría convertirse en una persona mejor. Algo estaba cambiando en ella. Por primera vez, no solo sabía que robar su dinero había estado mal, sino que también lo sentía.

Rocco frunció el ceño.

–Deberíamos contratar a una niñera.

Charity estuvo a punto de mostrarse disconforme, pero se dio cuenta de que probablemente tenía razón. Después de todo, no sabía nada de bebés y alguien tendría que enseñarle a cambiar pañales.

–Supongo que sí.

–Hablaremos de ello más adelante. Por ahora sugiero que nos acostumbremos a tratar el uno con el otro.

–¿Tenemos que hacerlo? –preguntó ella, agarrando su vaso de agua–. Podríamos ignorarnos.

–Yo preferiría acostarme contigo otra vez.

–¿Qué? –soltó ella.

–¿Por qué no? Nos sentimos atraídos el uno por el otro. Y vas a quedarte aquí indefinidamente. Nos podría sentar bien a los dos.

–Sí. No –agarró otro trozo de pan y se lo comió–. La mayor parte de los días me siento muy cansada, así que te aseguro que el sexo es lo último que tengo en mente. De hecho, estoy un poco enfadada con el sexo.

Él se encogió de hombros.

–Me parece bien.

Ella se sintió un poco decepcionada al ver que él no la presionaba. Era ridículo. No debería decepcionarse. Debería entusiasmarse. O algo. No quería acostarse con él otra vez. Él la odiaba. Solo la había llevado allí porque era la madre de su bebé.

Teniendo en cuenta todo eso, él no le caía muy bien.

Era cierto que en la suite del hotel, afectada por la fantasía que había empezado con una nota y un conjunto de lencería, la pasión se había apoderado de ella. Sin embargo, allí, cerca del océano, todo parecía demasiado real.

Y aunque no sabía por qué, que él la hubiera rechazado le resultaba molesto. Era como si hubiera herido su orgullo femenino.

–Entonces, ¿eso es todo?

–¿Creías que iba a presionarte? –la miró–. Estoy acostumbrado a mujeres con mucha más experiencia, *cara mia*, y aunque tu inocencia tenía cierto encanto, prefiero una compañera que comprenda cómo funciona el cuerpo de un hombre.

–Fuiste tú quien me hizo la proposición.

–Porque tenía sentido. No soy un hombre preparado para pasar sin sexo. No soy capaz de mantener el celibato, así que la decisión es tuya. O me acuesto contigo o me acostaré con otra.

Ella sintió que la rabia la invadía por dentro. No podía comprender por qué. Ella lo había rechazado, así que, por lógica, él era libre para compartir su cuerpo con quien quisiera. La idea no le gustaba. Su cuerpo le pertenecía a ella. Al menos, eso era lo que sentía. Él era el único hombre que la había acariciado de esa manera. El único hombre que la había penetrado. ¿Cómo era posible que él no le diera importancia?

De todos modos, ella no iba a desvelarle lo que sentía.

–Haz lo que quieras. No me molesta, pero no me toques.

–Siempre hago lo que quiero, pero tu manera de darme permiso ha sido simpática –se puso en pie, agarró la copa de vino y se bebió lo que quedaba antes de dejarla de nuevo sobre la mesa–. En cualquier caso, creo que me iré y haré lo que me plazca. Buenas noches.

Se volvió y salió de la terraza, dejándola allí sola.

Ella agarró otro pedazo de pan y le dio un bocado. No le importaba lo que él hiciera. No le debía nada.

Charity no quería salir. Quería quedarse allí y cenar. Acostarse temprano.

La casa era preciosa y debería disfrutar de estar allí. El dinero que su padre había robado nunca le permitiría entrar en un sitio así. Para un hombre como Rocco, un millón de dólares era como una gota en mitad del océano.

Se sentaría allí y disfrutaría del hecho de que, aunque su padre la había abandonado a su suerte, era ella quien había acabado sentada en una villa de Italia.

Con un hombre que le había hecho chantaje para acostarse con ella, que la había dejado embarazada y que, sin duda, se disponía a acostarse con otra mujer.

Así que, a pesar de todas esas cosas, se sentaría allí para disfrutar de que estaba en una villa italiana. Ignoraría todo lo demás mientras pudiera.

Capítulo 6

ROCCO se quitó la corbata y la tiró al suelo de mármol de la entrada de su casa. Había salido y había estado fuera toda la noche. Había encontrado a una bella mujer y la había invitado a una copa. Sin embargo, cuando había llegado el momento de llevarla a la cama, él había cambiado de opinión. Ni siquiera la había besado, ni había intentado seducirla. La había invitado a una copa y había hablado con ella hasta darse cuenta de que su cuerpo no estaba interesado en ella.

Le costaba comprenderlo. Era una mujer bella y no tenía motivos para no acostarse con ella. Sin embargo, no sentía deseo. Después, había pasado la noche bebiendo, tratando de llegar a un punto en el que no fuera tan consciente de la mujer a la que quería seducir, no obstante, cuando más tarde se acercó a una rubia, la imagen de Charity, con su cabello oscuro y rizado y su piel suave, apareció en su cabeza.

Regresó a casa cuando el sol se disponía a salir por el horizonte, aprovechando la brisa fresca de la mañana para tratar de serenarse. Fue caminando hasta la villa. Más tarde enviaría a alguien a recoger su coche.

Aunque sentía que tenía la cabeza más despejada, no estaba de mejor humor.

No comprendía por qué se había sentido indiferente ante esas mujeres.

Subió por las escaleras mientras se desabrochaba los botones de arriba de la camisa y se arremangaba las mangas.

De pronto, mientras se dirigía a su dormitorio por el pasillo, oyó un golpe y una especie de gemido que provenía de la habitación de Charity.

Se dirigió hacia allí y abrió la puerta, justo a tiempo de ver que ella se dirigía al baño a cuatro patas y se detenía frente al inodoro.

Rocco se acercó a ella y le retiró el cabello del rostro hasta que terminó de vomitar.

—Vete —dijo ella.

—No, no voy a irme. Estás enferma.

—No lo estoy —dijo ella, antes de vomitar otra vez.

—Sí lo estás —dijo él, sujetándole la cabeza—. ¿Has terminado? —preguntó al ver que ella se echaba hacia atrás.

Ella asintió y él la tomó en brazos. Tenía la piel muy fría, a pesar de que estaba sudando.

—Agua —dijo ella.

—Por supuesto, pero deja que primero te lleve a la cama.

—Que me llevaras a la cama es lo que ha provocado todo esto.

—¿Es culpa del embarazo? —la dejó sobre la cama.

—Desde luego, no me he intoxicado con la comida.

—No tengo experiencia con mujeres embarazadas —dijo él, poniéndose a la defensiva—. Sé que el embarazo puede dar náuseas, pero no cómo pueden ser de intensas.

—Las mías son intensas.

—Ayer parecía que estabas bien.

–Solo me pasa por las mañanas.

–¿Tienes frío?

–No, tengo calor.

–Estás tiritando.

–De acuerdo, ahora tengo frío.

Rocco no tenía ni idea de cómo cuidar de otra persona. Nunca lo había hecho. Desde la muerte de su madre, nunca había tenido una relación emocional con nadie, había vivido con familias de acogida en las que nunca duraba más de dos meses, y los amantes solo le duraban un par de noches.

En su experiencia, lo único que era permanente eran las cosas que podía comprar. Así que invertía en cosas. En ladrillo y mármol. En coches y tierras. La gente forma parte de la vida de manera temporal.

Recordaba vagamente que, cuando estaba enfermo, su madre solía llevarle algo de beber. Con limón. O quizá no era un recuerdo real, quizá era algo que había creado su mente para reemplazar otros recuerdos en los que ella aparecía cansada y desconsolada.

En cualquier caso, pensó que a Charity podía gustarle una infusión.

Charity vio que Rocco se volvía sin decir nada y salió de la habitación. En realidad no le había gustado que la viera vomitar, había sido una de las experiencias más humillantes de su vida.

Se tumbó en la cama y se tapó con la colcha. Se sentía agotada. Se había fijado en que Rocco llevaba la misma ropa que la noche anterior, y eso significaba que había estado fuera toda la noche. Era muy probable que se hubiera acostado con otra mujer.

Charity se estremeció al pensar en ello. Al menos, cuando él entró en el baño no había sido cruel con ella. Le había sujetado el cabello y la había llevado a la cama en brazos. Parecía que se preocupaba por que estuviera cómoda.

Era ridículo. Él no se preocupaba por nada. Y mucho menos por ella.

Momentos más tarde, Rocco apareció de nuevo. Llevaba una bandeja en la mano, estaba despeinado y tenía la camisa un poco desabrochada, de forma que se veía su piel bronceada y la fina capa de vello que cubría su torso. Como llevaba la camisa arremangada, con el peso de la bandeja se notaban los músculos de sus antebrazos. Y la fuerza de sus manos.

Tenía unas manos maravillosas.

A ella le gustaban mucho más sus manos que su boca. Con las manos solo le había proporcionado placer. Con la boca, también mucho sufrimiento.

–¿Qué estás haciendo? –preguntó ella, al ver que en la bandeja había una tetera, una taza y un plato pequeño con una tostada y un poco de mermelada.

–Esto es lo que se hace cuando alguien no se siente bien, ¿no? –dijo él, dejando la bandeja sobre la cama.

–Bueno, daño no puede hacerme –Charity se recostó sobre las almohadas.

Rocco agarró la tetera y le sirvió una taza.

–Ten cuidado. Quema.

Ella se llevó la taza a los labios y sopló un poco.

–¿Por qué estás siendo tan amable conmigo?

Él se aclaró la garganta.

–No estoy siendo amable. Estoy siendo práctico. A ninguno de los dos nos beneficia que te mueras.

Ella suspiró.

–No sé. Si muriera, no tendrías que enfrentarte a nada de esto. Ni a la paternidad.

Él se puso serio.

–Ya he tenido que lidiar con bastantes pérdidas, gracias. Me gustaría mantenerte con vida. Y al bebé también.

–Lo siento. Era lo peor del humor negro.

–Creo que crees que soy más monstruo de lo que soy en realidad –dijo él.

–Es probable, pero ¿puedes culparme por ello, teniendo en cuenta nuestro primer encuentro?

–¿Puedes culparme tú a mí?

–Supongo que no –Charity no sabía qué decir, porque no podía seguir justificando sus acciones. Ya no. Había pasado muchos años haciéndolo y cada vez le resultaba más difícil–. Lo siento –dijo ella.

–¿Por qué te disculpas?

–Porque te robamos el dinero. Estuvo mal. Uno puede disimular, puede llamarlo estafas. Fingir que está bien porque las víctimas tienen dinero y tú no, pero, al fin y al cabo, es robar. Y a pesar de que hubo una época en la que realmente no sabía lo que hacía, ahora lo sé. Eso sí, si conocieras a mi padre, sabrías lo fácil que es que te implique en sus planes. Hay un motivo por el que es capaz de convencer a la gente de que suelte su dinero. Es muy convincente. Tiene la capacidad de hacerte creer que todo va a salir bien, y que te mereces lo que estás robando. A pesar de todo, me equivoqué al implicarme en su plan. Y lo siento.

Sentía que debía decirle todo eso antes de que pudieran avanzar. O quizá estaba delirando. O se había conmovido por el hecho de que él hubiera tenido el detalle de llevarle una infusión. En cualquier caso, allí estaba, confesándose.

Y no solo ante él, sino ante sí misma.

De pronto, se sentía agotada. Sucia. Desolada.

—¿Crees que hay un punto en la vida en el que uno ya no tiene salvación?

—Nunca me lo he planteado —se sentó en el borde de la cama—, pero supongo que es porque nunca imaginé que pudiera tenerla.

—Debe de ser que yo tampoco.

—¿Es tan importante? ¿De todos modos, qué sentido tiene? ¿Quieres que te consideren buena persona?

—Nunca he pensado demasiado en si era buena o mala. Recuerdo que una vez le pregunté a mi padre por qué teníamos miedo de los chicos buenos. De la policía. Yo había aprendido viendo la tele que se suponía que la policía era buena. Así que le pregunté si era mala. Me dijo que no era tan sencillo. Que a veces la gente buena hace cosas malas, y que la gente mala hace cosas buenas. Dijo que no todo el mundo que lleva uniforme es bueno, pero yo solo quería saber si nosotros éramos buenos. Y a lo mejor aún quiero saberlo.

—¿Importa?

—¿No? No conozco a nadie que quiera ser malo. Y me gustaría educar a mi hijo para que sea bueno, así que yo debería serlo también.

—Supongo que uno solo puede ser bueno o malo en su propia vida, al menos, en mi experiencia. Hay mucha gente que me calificaría de malvado, aunque nunca he incumplido la ley. Sin embargo, he cumplido lo que me había propuesto cumplir. He creado para mí la vida que siempre he querido llevar. ¿Qué tiene que ver ser bueno con todo eso?

–No lo sé. Yo no estoy segura de saber quién soy en realidad. ¿Cómo voy a saber si soy buena o mala si ni siquiera sé la respuesta a una pregunta tan sencilla?

–¿Crees que, si contratamos a una niñera, nos ayudaría a solucionar ese tipo de preguntas?

–¿Quieres decir que crees que se molestaría en ayudar a un par de adultos estancados emocionalmente?

–Supongo que tú y yo no formamos la pareja más funcional del mundo.

–¿Somos pareja?

–Solo en el sentido de ser dos, y de que criaremos juntos a nuestro hijo. ¿Con qué capacidades? No estoy seguro.

Ella deseaba preguntarle por la noche anterior, y saber si se había acostado con otra mujer, pero le resultaba extraño y no era asunto suyo. Puesto que le había dejado claro que no volvería a acostarse con él.

No obstante, en aquellos momentos no estaba tan convencida de ello. Posiblemente porque no estaba convencida de nada. Tan pronto como había dicho que no estaba segura de quién era, se había percatado de que era verdad. Sabía cómo fingir y cómo adoptar diferentes papeles en la vida. Incluso cuando decidió alejarse de su padre y de sus estafas, adoptó el papel de camarera. No había hecho amigas, nunca había conectado de verdad con alguien. La persona que había fingido ser durante los dos últimos años era superficial. No tenía una parte más profunda.

Durante un instante le preocupó que eso fuera todo. Que hubiera adoptado diversos papeles en su vida a nivel superficial y que nunca hubiera creado nada en profundidad. ¿Qué clase de madre sería? ¿Qué significaría eso para el resto de su vida?

No le extrañaba que su madre la abandonara. Y que su padre se hubiera distanciado de ella tan fácilmente. Era una persona sin sustancia.

«No puede ser».

Al menos, no permitiría que siguiera siendo así.

Necesitaba sueños que perseguir. No había tenido ninguno desde la última estafa. Porque tenía miedo de caer en el mismo comportamiento que había aprendido en su infancia. No podía vivir así. Por el bien de su hijo tenía que ser algo más en la vida.

Por supuesto, no sabía qué le depararía el futuro, porque parecía que Rocco lo tenía atrapado en la palma de su mano. Durante unos instantes, cuando todavía estaba en Nueva York, se había imaginado feliz criando a su hijo sola. Y le había parecido suficientemente satisfactorio, pero, una vez más, sus fantasías habían resultado imposibles.

—No te preocupes por si eres buena o mala —dijo él, al fin—. Tienes que centrarte en conseguir que un día no vomites por las mañanas.

—Oh, Rocco. Eres capaz de darle esperanzas a una chica.

—Solo intento ayudar.

—Según tú, no estás siendo amable, ¿no? —preguntó ella, esbozando una sonrisa.

Él negó con la cabeza.

—No, estoy siendo práctico. Mi madre solía traerme infusiones.

Charity sintió una presión en el pecho al imaginarse a Rocco de pequeño. Sabía que había terminado solo y eso era doloroso.

—En cualquier caso, te lo agradezco de veras —se aclaró la garganta y agarró una tostada—. De todos modos, no hace falta que vengas a sujetarme el cabello cuando... Es asqueroso.

–No me parece nada asqueroso. Te encuentras mal por culpa de mi hijo. Me parece justo cuidar de ti.

–¿Es eso? ¿Vas a cuidar de mí?

–Confieso que no lo había pensado.

–De algún modo, me da la sensación de que esa es nuestra manera de relacionarnos. Sin pensar.

–Probablemente. Si alguno de los dos hubiera pensado con claridad en algún momento, las cosas podrían haber salido de una manera muy diferente.

–Sí, podríamos empezar a hacerlo pronto.

–En estos momentos, yo estoy pensando con bastante claridad.

Charity se untó un poco de mermelada en el pan y comió un bocado.

–Me alegra saberlo –dijo ella.

Se hizo un silencio y Charity lo miró a los ojos. Él la estaba mirando con dulzura. Al menos, eso es lo que habría pensado si fuera otro hombre. Con Rocco, no sería así.

–¿Qué? –preguntó ella.

–Estoy pensando.

–¿En qué?

–En que es probable que intente seducirte.

Ella se atragantó y dejó la tostada sobre el plato.

–Perdona. ¿Qué has dicho?

–Voy a seducirte –dijo él–. Y tendré éxito. Ambos lo sabemos.

Charity se miró las manos y vio que las tenía llenas de mermelada.

–Acabo de vomitar delante de ti y ahora estoy en la cama llena de mermelada. ¿Cómo puedes pensar en

seducirme? ¿Y de veras crees que voy a permitir que
me seduzcas?

–Sí –dijo él, y se volvió hacia la puerta.

–¿Dónde vas?

–He pensado que es mejor esperar a que te encuentres mejor para seducirte. ¿Necesitas algo más?

–No.

–Pareces confundida.

–¿Cómo hemos pasado de las tostadas a la seducción?

–Te deseo –dijo él–. Te he deseado desde el primer
momento en que te vi. Y estoy acostumbrado a tener
lo que deseo.

–Ya, pero soy una mujer, no un Ferrari. No puedes
comprarme sin más. Yo también tengo algo que decir.

–Lo sé –dijo él–. Y quiero que digas que sí. Me gustaría, Charity. No significaría nada si tú no me desearas
también. Y por eso planeo seducirte, no simplemente
poseerte. Hablaremos más tarde –se puso en pie y salió
de allí, dejándola sola con la promesa de seducirla, la
infusión y la tostada.

Seducirla era lo más sensato, porque la noche anterior no había conseguido excitarse con ninguna de
las mujeres con las que estuvo, a pesar de intentarlo.
Y necesitaba demostrarse que podía controlar lo que
le pasaba cuando estaba con Charity.

Durante el tiempo que había estado sentado con
ella, mirándola, había sentido un extraño calor en el
pecho. Y cuando ella le había preguntado, él supuso
que quería saber qué estaba pensando, pero su mente
se había quedado en blanco.

No estaba pensando. Estaba sintiendo.

Entonces, por algún motivo, la idea de seducirla fue lo primero que escapó de sus labios.

Y tenía sentido.

El día del hotel, ella había retado todo lo que él nunca había conocido de sí mismo. Rocco no solía perder el control, sin embargo, con ella lo había perdido. Entonces, podía continuar evitándola, de modo que ella siguiera en posesión de su control, o podía alimentar el fuego que ardía entre ellos y tratar de controlarlo.

Sin duda, esa era una idea mejor.

La otra opción era permitir que su pequeña ladrona se hiciera con el control de su libido y eso no era aceptable.

Recorrió la villa vestido con un traje distinto al que había llevado la noche anterior, sintiéndose revigorizado. No había dormido nada desde que llegó a casa, pero, en vez de dormir, su plan también le parecía bien.

Se acercó al salón y a la terraza. Charity no estaba por ningún sitio y se preguntaba si todavía estaba en la cama porque se encontraba mal. Eso sería un impedimento para su plan.

Su plan empezaba a parecerle muy importante, puesto que dudaba que pudiera encontrar otra manera de relacionarse con ella. No, mientras estuviera distraído por el deseo que sentía hacia ella.

Recordaba el sabor de sus labios, y el dulzor de su entrepierna. Solo con pensar en ello se excitaba. ¿Cuánto tiempo había pasado desde que había deseado a una mujer en concreto? ¿Le había sucedido alguna vez?

Había deseado tener relaciones sexuales con mujeres en general, pero nunca con una en concreto.

Le gustaba tener muchas cosas, porque cuanto más tenía más evidente se hacía su poder. Nunca se había sentido más indefenso que cuando era un niño y no tenía nada. Y por ello, se había convertido en un hombre con todo.

Por eso se había construido una casa excavada en una montaña y con vistas al océano, adueñándose de un pedazo de terreno salvaje. Domándolo.

Él deseaba domarla. Mantenerla. Hacerla suya.

La revelación era inquietante y, por mucho que él estuviera contemplando todo lo que poseía, era a ella a quien buscaba.

Charity lo poseía. Y él quería poseerla a ella.

De pronto, vio que alguien salpicaba en la piscina infinita con vistas al mar y se le formó un nudo en la garganta. Era ella. Él sabía que era ella.

Regresó al salón y atravesó las puertas que llevaban al jardín. Había un salón exterior, con una cama y unas cortinas de gasa. Era el lugar perfecto para las ocasiones en que no podía esperar para llevar a una amante al interior de la casa. La piscina tenía una cristalera con vistas al mar y a una playa completamente privada, por si alguna vez deseaba realizar un espectáculo a pesar de no tener audiencia.

Y a Rocco no le avergonzaba admitir que alguna vez lo hacía.

Miró hacia la piscina y vio una pequeña ola. Después, vio que Charity reaparecía en la superficie. Estaba de espaldas a él y pasándose las manos por el cabello para retirarse el agua.

—Desde aquí la vista es muy bonita —dijo él.

Ella se volvió y, al verlo, se quedó boquiabierta. Él se fijó en el bañador que llevaba. Era de una pieza y

Rocco suponía que era parte de la ropa que él había pedido que le enviaran los empleados. Le quedaba perfecto y hacía que pareciera muy sexy.

Él no era capaz de apartar la vista de sus pechos. Eran de tamaño normal, pero increíbles. Redondeados y con unos pezones acaramelados que provocaban que su cuerpo se incendiara. Estaba obsesionado con devorarla de nuevo.

–Eso veo –dijo ella, con una sonrisa forzada–. Has elegido un sitio estupendo para la piscina.

–No me refería al mar.

Ella se sonrojó.

–Ah.

Rocco no pudo evitar acercarse a la piscina.

–Eres preciosa, *cara mia*, seguro que lo sabes.

Ella levantó un hombro.

–No pienso en ello a menudo.

–¿No?

Ella se encogió de hombros y se dirigió a la escalerilla de la piscina. Despacio, salió del agua. Todavía no se le notaba el embarazo, aunque ya estaba acabando el primer trimestre. Todavía estaba delgada, y las curvas de su cuerpo eran pura perfección. Rocco recordaba muy bien lo que había sentido al acariciar su piel...

–Para mí no significa nada. En mi estilo de vida, o empleas tu belleza para manipular, o no. Hasta que te conocí, nunca había usado mi cuerpo. Ni siquiera para una estafa.

–Tengo curiosidad... ¿Cuándo dejaste de ayudar a tu padre? ¿Y cuándo volviste a ayudarlo?

Ella suspiró y agarró la toalla que estaba doblada sobre una silla. Se secó un poco y se la enrolló en la cintura.

–Cuando tenía diecisiete años le dije que no quería seguir con ese juego. Él se disgustó, pero para entonces yo ya cuidaba de mí básicamente. Lo ayudaba a realizar estafas a empresas y a algunos fraudes benéficos –bajó la vista–. Era algo malo, pero siempre lo había hecho y nunca había pensado mucho en ello. Solía decir que la gente como nosotros no podía tener éxito por mucho trabajo duro que hiciera. Decía que, si la gente no era lo bastante inteligente, no merecía mantener su dinero. Llegó el momento en que me di cuenta de que no me gustaba hacer lo que hacía. Así que lo dejé. Y él se marchó de la ciudad como seis meses más tarde. Yo conseguí un trabajo de camarera. Y tres años después, cuando él regresó, yo seguía trabajando en lo mismo. No había sabido nada de él durante el último año. Y yo luchaba por mantenerme y lo que él me ofrecía parecía tan fácil... Aunque, sobre todo, mi padre había vuelto. Nunca habría podido decirle que no, porque yo solo quería... Quería tener una familia. Solo lo tengo a él. Y solo me pedía un trabajo más... Conseguir que AmariCorp invirtiera en nosotros y escapar con el dinero. Prometo que no sabía que sería tanto. Y, ya ves, me equivoqué –dijo ella–. Ahora lo sé. Lo hice porque habría necesitado un año de trabajo para conseguir ese dinero, y estaba cansada de luchar. Él se marchó, y yo me sentí como una basura... Y después, nunca vi el dinero que te robamos. Se necesitó un par de meses en preparar la estafa, otro más para que yo me diera cuenta de que mi padre me había dejado en la estacada y otro para que tú me encontraras. Y me hiciste pagar por ello, Rocco. Tanto como para recordarlo si alguna vez vuelvo a tener la tentación de estafar. Nada es gratis.

–Te he hecho pagar por ello, ¿con sexo?

–Entre otras cosas. No sé si realmente había comprendido lo mal que estaba lo que hice hasta que te conocí, y eso duele.

–Siento que te he pedido demasiado –dijo él, acercándose a ella–. Yo... Me arrepiento de cómo han sucedido las cosas entre nosotros.

–¿Lo sientes? –preguntó ella, ladeando la cabeza. Él frunció el ceño.

–No llegaría tan lejos.

–Estoy conmovida, Rocco. De veras.

Él la rodeó por la cintura y la estrechó contra su cuerpo. Tenía el corazón acelerado, le temblaban las manos y no sabía por qué.

–No lo siento –dijo él–, porque no puedo arrepentirme de haberte deseado. Ni de haberte poseído. Aunque debería.

Rocco le acarició la mejilla y después el labio inferior con el dedo pulgar. Ella era pura belleza. Todo lo que él había deseado tener. Y ella no lo deseaba.

El hecho de que ella estuviera tan cerca, y a la vez tan distante, lo enojaba.

No, era inaceptable. No lo admitiría.

–Tengo frío –dijo ella, tiritando.

–Puedo calentarte –dijo él.

–¿Por qué? –preguntó ella, mirándolo a los ojos.

–Porque te deseo –dijo él, acariciándole el contorno de la boca.

–No comprendo por qué me deseas. Me has dado indicios de que me odias. Me humillaste en Nueva York. Me utilizaste. Y aunque no te guste hablar de ello, pagaste por mi cuerpo. No tiene sentido.

–Nada de esto tiene sentido. Cuando entraste en el

hotel de Nueva York mi intención era humillarte. Quería dejarte en aquella habitación sufriendo y suplicando por mí. No pensé que fuera a desearte. ¿Cómo iba a desear a una ladrona? –le sujetó la barbilla–. Creo que no lo comprendes, Charity. A mí nadie me roba. Lo que he ganado es muy valioso para mí, de un modo que muy poca gente comprende. Te odiaba antes de conocerte. Se suponía que no podía desearte.

–¿Y por qué lo haces?

–No hay ningún motivo. Excepto por la química. Es pura química, *cara*, y muy potente. Yo no quiero desearte. He pasado muchos años privado de contacto humano, viviendo con familias que no me mostraban afecto. He pasado muchos años sin lo que de verdad deseaba. Y ahora no quiero tener prohibiciones. Ahora tengo el poder para tener todo lo que deseo. No sé cómo contenerme. Y no quiero hacerlo. Te infravaloré, a ti y a la atracción que sentía por ti. Ahora soy consciente de lo poderosa que es y quiero explorarla.

–No veo por qué debería acostarme con un hombre que me odia.

–Lo hiciste una vez.

–No me siento orgullosa de ello.

–¿Por qué? –él la obligó a que lo mirara–. ¿Por qué no estás orgullosa? Casi consigues que me arrodille ante ti. Me volviste débil de deseo. Me obligaste a cambiar de plan, Charity, y eso no lo hace nadie. Nadie. Podrías hacer que me arrodillara ahora mismo si me prometieses que vas a dejarme probar el dulzor de tu entrepierna. ¿Cómo puedes no sentirte orgullosa con eso?

–Supongo que es porque nunca le he dado mucha importancia a la atracción sexual. Nunca la había sentido antes de conocerte –dijo ella con voz temblorosa.

–El sexo mueve el mundo. Hay pocas cosas que sean más poderosas –se rio–. Quizá el dinero. Y nuestros encuentros se han alimentado de ambos. ¿Te sorprende que juntos seamos tan potentes?

–No quiero esto –susurró ella.

–¿No quieres mi atención? ¿O no quieres sentir esta atracción?

–No quiero sentir lo que siento –dijo ella, sin mirarlo.

–Pero lo sientes –dijo él.

–Sí.

–No te desprecio por ello –dijo él–. Reconozco algo en ti.

–¿Qué? –preguntó ella.

–Deseo. Estás vacía. Hambrienta de deseo. Como yo –al ver que ella asentía, un brillo de emoción inundó su mirada–. Permite que te sacie.

Charity asintió, y fue todo el consentimiento que él necesitaba.

Inclinó la cabeza y le capturó los labios con los suyos. De pronto, una sensación de alivio se apoderó de él. Algo que nunca había sentido. Nada más percibir su sabor con la lengua, se percató de lo mucho que la deseaba.

Comenzó a saborearla despacio, como si fuera una copa de brandy, permitiendo que su calor penetrara en cada parte de su cuerpo, calentándole zonas que siempre había tenido frías.

No obstante, ella podía llegar a quemar, afectando a una parte de su alma que él ni siquiera sabía que existía.

Charity estaba demasiado tensa entre sus brazos. Él la sujetó por el trasero y la estrechó contra su cuerpo, mostrándole lo mucho que la deseaba y restregándola contra su miembro erecto. Ella comenzó a relajarse, gimió, y lo besó con la misma pasión que él la besaba. Entonces, él sintió que se derretía entre sus brazos, sus senos presionaban contra su torso, con un erotismo que él nunca se había parado a apreciar.

Era un hombre hastiado, un hombre con demasiada experiencia. Hacía tiempo que los besos ya no lo entusiasmaban, pero ese beso lo era todo. Era más que cualquier beso. Más de lo que nunca había imaginado que un beso podía llegar a ser.

–He de poseerte –dijo él, separándose de ella para poder hablar–. Te deseo, Charity. Te necesito.

En realidad le molestaba que ella pudiera hacerlo sentir de esa manera. Esa pequeña ladrona que había conseguido robarle lo que más apreciaba: su control.

En aquellos momentos, ni siquiera estaba seguro de querer recuperarlo. Lo único que deseaba era a ella.

Le retiró los tirantes del bañador y dejó sus pechos al descubierto. Inclinó la cabeza y capturó un pezón con su boca, succionando con fuerza y gimiendo al percibir su sabor. Era tal y como lo recordaba. Y mucho más.

–No deberíamos hacer esto –dijo ella, jadeando.

–No deberíamos –dijo él, mientras jugueteaba con su pezón–. Por supuesto que no, pero tú y yo somos famosos por hacer cosas que no debemos hacer. No veo motivo para cambiar ahora. Y menos cuando es algo tan agradable.

Charity no dijo nada e introdujo los dedos en su cabello, sujetándole la cabeza mientras él continuaba suministrándole placer. Le acarició los senos con la palma, tratando de grabar su tacto en la memoria. Por si era la última vez. Ella no era predecible, y en su vida, le resultaba extraño encontrar algo tan impredecible.

Le bajó el bañador y ella se lo quitó, echándolo a un lado. Rocco la besó en los labios de forma apasionada, antes de girarse para que ella quedara de espaldas a él. Le recogió el cabello y, con la otra mano, presionó sobre sus hombros, de forma que quedara inclinada sobre el sofá que había en el salón exterior.

Con un dedo, recorrió su columna vertebral hasta llegar a la entrada de su cuerpo. Estaba húmeda y preparada para recibirlo. La besó en el cuello y ella se estremeció.

Rocco se quitó los pantalones, la sujetó por las caderas y la penetró despacio. Ella volvió la cabeza y sus miradas se encontraron. Cuando él echó las caderas hacia delante, para penetrarla hasta el fondo, ella gimió.

—¿Estás bien? —preguntó él.

Ella asintió. Él se retiró una pizca y la penetró de nuevo, estableciendo el ritmo que los llevaría al límite. Movió la mano hacia delante y la colocó entre los muslos de Charity para acariciarle el clítoris.

Enseguida notó que estaba a punto de perder el control. Era demasiado pronto, deseaba que aquello durara y que ella gritara su nombre antes de que él alcanzara el orgasmo. Apretó los dientes y continuó acariciándola con fuerza, provocando que se acercara al clímax. Le mordisqueó el cuello, y ella gimió con fuerza antes de llegar al orgasmo.

Entonces, él dejó de contenerse. La penetró una vez más y la acompañó.

Cuando pasó la tormenta, él se separó de Charity

jadeando. La marca de su pasión se hacía evidente en la piel delicada de su cuello, una prueba irrefutable de su falta de control. Y, sin embargo, no podía arrepentirse.

Ella estaba temblando, y él la tomó entre sus brazos, igual que la primera vez en Nueva York. Sin embargo, en esta ocasión no la abandonaría. Esta vez, Charity pasaría la noche en su cama. Con él.

Capítulo 7

CHARITY se tumbó de espaldas y se estiró, colocando las manos por encima de la cabeza y rozando el cabecero de la cama con los nudillos. Un cabecero que no tenía en su apartamento de Brooklyn.

Abrió los ojos y miró alrededor de la habitación. El sol de la tarde se filtraba por las cortinas blancas. No estaba en Brooklyn, sino en la villa de Rocco.

Se incorporó y la sábana se le cayó hasta la cintura. Estaba desnuda.

De pronto, un montón de imágenes invadieron su memoria. Eran los recuerdos de cómo habían pasado la mayor parte del día. Y sabía que no debería sorprenderse por estar desnuda.

En ese momento, Rocco entró en la habitación desde el baño. También estaba desnudo, y era evidente que no le importaba.

—Entonces, todo eso ha sucedido —dijo ella, y se cubrió los pechos con la sábana.

Él sonrió.

—Sí. Más de una vez.

—¿Qué hora es?

—Casi las seis.

Así que habían estado todo el día en la cama. Era

una buena manera de pasar el tiempo cuando se sentía mal. Tener orgasmos era mucho mejor que vomitar.

En aquellos momentos, lo que sentía era hambre.

–La cena se servirá pronto –dijo él, como si hubiera leído su mente.

Igual que en otras ocasiones. En la cama, parecía que él sabía mejor lo que quería que ella. Entre las sábanas, era igual de mandón que fuera de ellas, pero a Charity le gustaba.

No tenía ni idea de qué se trataba el acuerdo al que habían llegado entre los dos. Iban a tener un bebé, y desde unas horas antes, se acostaban juntos. Sin embargo, ella seguía siendo la mujer que le había robado el dinero, y dudaba que él lo hubiera olvidado.

Él era el hombre que la había obligado a ir a Italia. El hombre que la había amenazado con ir a prisión, el que le había enviado la nota y la lencería.

Eso no había cambiado, pero por algún motivo era como si la relación entre ellos sí. Era ridículo. La gente no cambiaba. Solo se ponía máscaras diferentes. Disfraces. Ella lo sabía mejor que nadie. Había pasado toda la vida haciéndolo. Lo había demostrado cuando volvió al mundillo de las estafas en cuanto su padre le ofreció la posibilidad de tomar el camino fácil otra vez.

Rápidamente cambió el uniforme de camarera y retomó la antigua forma de vida. No podía imaginar que no volviera a hacerlo en un futuro. Daba igual que creyera que estaba muy establecida.

Si no había conseguido cambiar antes, ¿por qué iba a ser capaz de hacerlo en esa ocasión?

–¿Qué clase de cena? –preguntó. Era una pregunta inofensiva.

–No he especificado nada. Excepto que sea fácil

comérsela en la cama –se acercó y se sentó en el colchón.

Ella sintió que se le formaba un nudo en el estómago y que se le aceleraba el corazón. Estar cerca de él provocaba que deseara cosas. Otra vez.

–¿No crees que deberíamos levantarnos un rato? –preguntó.

–Me parece una idea malísima. Preferiría estar aquí todo el día –la miró.

Era la primera vez que ella veía ternura en su mirada. Y no pudo evitar emocionarse.

Rocco se colocó sobre ella y la besó en los labios.

–Me parece un lujo decadente.

¿Decadente? Una palabra interesante para escucharla de una mujer como tú.

–¿Qué quieres decir?

–Suponía que ya habrías experimentado la verdadera decadencia. Teniendo en cuenta que...

Ella se movió, inquieta.

–Que robamos el dinero.

Él le acarició la mejilla.

–No me refería a eso.

Ella no estaba segura de si debía cambiar de tema o tratar de ser un poco sincera con él. Estaban desnudos el uno al lado del otro, así que se podía esperar cierto grado de honestidad.

–A veces era así. Cuando mi padre hacía una estafa y salía bien, nos relajábamos y disfrutábamos del botín. Por supuesto, yo no me daba cuenta de lo que estaba haciendo. Durante semanas salíamos a cenar fuera cada noche, y eso compensaba las semanas que no teníamos nada para comer. Eran semanas en las que mi padre se quedaba a mi lado, sonriendo y riéndose.

Sí, eso era decadente para mí –se miró las manos–. Cuando me hice mayor me di cuenta de lo que estaba haciendo y traté de enfrentarme a ello, pero mi padre es un estafador y se le da muy bien tergiversar historias. Eso es lo que hizo con la nuestra, y con cómo trabajábamos como los demás. Decía que la gente a la que robábamos era demasiado rica como para percatarse de lo que les faltaba. Y si se percataban, lo merecían por ser estúpidos y permitir que se lo robaran.

–Ya –dijo él, con un brillo extraño en la mirada.

–Como te he dicho. Él es un estafador de poca monta. Lo que te hizo a ti fue el mayor trabajo que hizo nunca. Al menos por lo que yo sé. Si tiene dinero, aparte del tuyo, guardado en algún sitio, nunca me lo contó. Y teniendo en cuenta que estaba más que dispuesto a dejarme en la estacada y sin dinero...

–¿Es cierto que no lo tienes?

Ella negó con la cabeza.

–No. Nunca lo tuve. Lo ayudé a conseguirlo, pero... No lo tengo.

–Te creo –dijo él–. Entonces, ¿crees que es conmigo la primera vez que pruebas el lujo? –preguntó él.

–Sabes que eres el primer hombre con el que he estado. Eres el primero en todo.

–Sí –dijo él–. Y eso me intriga. ¿Te importaría contármelo?

–Bueno, nunca había mantenido relaciones sexuales. Después, te conocí y me acosté contigo.

Él inclinó la cabeza y le mordisqueó el labio inferior.

–No me refería a eso.

–El sexo tiene que ver con desnudarse por completo. Una buena estafadora prefiere no quitarse las máscaras. Yo sé que no. Por eso nunca tuve prisa por acercarme tanto a alguien. Quiero decir, podría haber estado con alguien si hubiera querido, pero habría fingido. Y eso nunca ha ido conmigo.

–¿Y conmigo? En el hotel de Nueva York, y ¿ahora? ¿Eres la verdadera tú?

Rocco la besó en el mentón.

–¿O sigues llevando la máscara?

Él la miró a los ojos fijamente y ella tuvo que mirar hacia otro lado.

–No lo sé. No tengo ni idea de quién soy. He pasado cada día de mi vida representando un papel. Incluso el de camarera... La versión de mí misma que se supone que es la chica buena. La sincera. Solo trataba de ser normal. Y al final del día, cuando me quitaba el disfraz, me sentía la misma de siempre. Nada diferente. Siempre estoy fingiendo.

–¿Y conmigo?

Ella respiró hondo.

–Eso es lo que más me asusta.

–¿El qué? ¿Qué es lo que te asusta, *cara mia*?

–Que el día que hicimos el amor en Nueva York fui lo más sincera que he sido nunca. Conmigo misma. Y con cualquiera –tragó saliva–. No estoy segura de que me gustara la chica que vi –dijo despacio.

–¿Y por qué no?

–Porque ella... Me acosté contigo y ni siquiera te conocía. Y me gustó.

–¿Y eso es un problema?

–Para mucha gente sí.

–Para mí no lo es. He pasado muchos años deseando cosas. Y ahora no. Lo quiero, lo tengo. No las deseo.

–Yo sí. Básicamente es lo que hago.

–Ya no. Conmigo no. Puedo darte todo lo que quieras. Y a nuestro hijo también. Todo lo que pueda necesitar. Haré lo mismo por ti. Prometo que conmigo todo será deleite, Charity. Nunca tendrás que pasar hambre otra vez. Lo prometo. Puedo ofrecerte una vida de lujo. Nunca volverás a desearla.

Ella deseaba aceptar su promesa. Abrazarlo y pedirle que le prometiera que nunca la dejaría marchar.

Entonces, recordó que él nunca le había prometido fidelidad. Ni una relación. Solo le prometía cosas.

Y la noche anterior había salido.

Quizá se había acostado con otra mujer veinticuatro horas antes.

La idea la hizo estremecer.

–Anoche saliste –dijo ella.

–Sí.

–¿Te acostaste con alguien?

–No.

–No me mientas –pidió ella con el corazón acelerado.

–No tengo motivos para hacerlo. Ya lo sabes.

–No –susurró–. No me mientas. Y no te acuestes nunca con otra.

Él colocó la mano sobre su mejilla.

–¿Nunca, *cara mia*? Eso es mucho tiempo. Dudo de que alguno de nosotros pueda predecir el futuro tan bien.

Ella no podía imaginar que algún día deseara a otro hombre.

–Al menos, no lo hagas mientras te acuestes conmigo.

–Lo prometo –dijo él.

Era suficiente. Ella lo besó de forma apasionada.

Estaba cansada de desear. Y Rocco era pura satisfacción, así que decidió disfrutar.

Todo el tiempo posible.

Rocco estaba seguro de que parte de su cordura se había quedado en aquella cama. Junto a Charity, bajo las sábanas.

Él le había prometido fidelidad.

Y lo garantizaba, no creía que su cuerpo pudiera reaccionar ante otra mujer aunque su cerebro se lo ordenara. Sabía que no. Lo había intentado y había fallado.

Aun así, nunca le hacía ese tipo de promesas a una mujer. Sabía que podían pensar que tenían un lugar más permanente en su vida del que en realidad tenían, pero, si alguna mujer tenía un lugar permanente en su vida, esa era Charity. No como amante, sino como la madre de su hijo.

Como amante era increíblemente bella y sensible. Y en aquellos momentos no podía imaginarse eligiendo a otra que no fuera ella. No obstante, el sexo servía para satisfacer un deseo inmediato. Y no estaba seguro de cómo iba a variar su deseo durante las siguientes semanas. Nunca había mantenido relaciones serias y no pensaba empezar a hacerlo.

Sin embargo, cumpliría su promesa de no acostarse con ninguna otra mujer mientras estuviera acostándose con Charity.

No quería herirla. Y eso le hacía pensar que había perdido la cordura.

Ni siquiera podía arrepentirse. Ella era demasiado bella. Había algo más, su inexperiencia combinada con su entusiasmo. La perfección de su piel, su sabor dulce del que nunca se cansaría.

Deseaba comprarle algo. Un collar. Uno con un colgante que se acomodara entre sus senos. Podía imaginarla vestida únicamente con aquello.

«Maldita sea». Estaba obsesionado.

Y empezaba a pensar que a lo mejor quería que lo acompañara a la gala a la que iba a asistir ese fin de semana. Nunca iba con una pareja a esos eventos. Eran una oportunidad para encontrar una mujer para pasar una noche divertida.

Aunque siempre le había gustado lucir sus últimas adquisiciones. Su nuevo coche, su nueva villa, su nuevo traje. Le gustaban esas muestras de poder, así que, a lo mejor podía lucir a Charity.

Por algún motivo, la idea le generaba satisfacción, y la misma adrenalina que siempre tenía cuando añadía otra pieza a su colección. Nunca le había pasado con una mujer, porque el sexo era algo barato y fácil de conseguir. La mujer nunca le importaba, solo que él consiguiera lo que deseaba.

No obstante, Charity sí importaba. Aunque solo fuera porque era la madre de su hijo. En realidad, no se le ocurría otro motivo por el que debería importarle. De pronto, recordó la tarde que había pasado con ella en la cama. Era difícil fingir que eso no importaba. Su sabor, su aroma. Toda ella. La manera en que sus rizos morenos se esparcían por la almohada, tan salvaje como ella.

Solo de pensar en ella se excitaba.

Se acomodó en la silla del despacho. Estaba comportándose como un adolescente. Era extraño, y delicioso a la vez. No recordaba haber disfrutado tanto de algo en otro momento de su vida.

Llevaría a Charity a la gala. Y ese mismo día la acompañaría a buscar un vestido. Ella le había contado que apenas había tenido lujos en su vida, así que él se encargaría de que los tuviera.

Echaría de menos no pasar tiempo con ella en el dormitorio, pero Charity apenas había salido de la villa desde que llegaron a Italia. Rocco sonrió. Concertaría una cita privada en una boutique de la ciudad. De ese modo, si después de que se probara los vestidos decidía desnudarla en persona, nadie los molestaría.

Al pensar en que entraría en la gala con Charity del brazo, se entusiasmó. Sería la muestra de su nueva posesión. Y sí, deseaba poseerla.

Ella sería suya. De eso, no tenía dudas.

Charity se sorprendió cuando Rocco le anunció que iban a salir. Sobre todo porque, los dos últimos días, en lugar de salir de la villa, habían terminado desnudándose y saciando su deseo en la superficie plana más cercana.

Era extraño haber compartido tanto físicamente con alguien y tan pocas palabras.

Rocco le pidió que subiera al coche y la llevó al centro de la ciudad. Ella no había conocido nada de los alrededores, puesto que llevaba metida en la casa desde principios de la semana.

Rocco condujo por las calles de adoquín estrechas y se detuvo frente a una tienda.

—Tenemos una cita —dijo él, cuando apagó el motor. Salió del coche y se acercó a la puerta del copiloto para ayudarla a salir.

—¿Para qué?

–Es una sorpresa –contestó él con una sonrisa.

Ella sintió un nudo en el estómago. Una mezcla de esperanza y temor. Durante su vida las sorpresas nunca habían sido buenas. Y le daba miedo esperar que pudieran serlo.

No comprendía la relación que tenía, ni lo que le estaba sucediendo en ese momento de la vida. Tampoco estaba segura de querer comprenderlo.

–Confía en mí –dijo él, y le tendió la mano.

–Sabes que no confío en nadie –dijo ella.

–Está bien. Confía en mí en esta ocasión.

Ella le agarró la mano.

–Eso puedo hacerlo.

Él tiró de ella y la llevó a la tienda. Les recibió una mujer italiana vestida de negro. Llevaba el cabello recogido en un moño y los labios pintados de rojo brillante.

–Señor Amari –dijo ella, inclinando la cabeza–. He apartado un par de modelos basándome en su descripción del evento y en la de su amiga –dijo ella, gesticulando hacia Charity.

Charity no estaba segura de cómo le sentaba que se refirieran a ella como «la amiga de Rocco», en ese tono. Ella no era su amiga. Era su amante. Aunque suponía que la mujer se refería a que era su acompañante o algo así, pero Charity tampoco era tal cosa.

–Charity Wyatt –dijo Charity, y le tendió la mano a la mujer–. Me alegro de conocerla.

La dependienta se quedó un poco sorprendida por la presentación, pero aceptó la mano de Charity y la estrechó. Charity notó que se había ganado una pizca de respeto.

–Si no le importa –dio Rocco–, continuaremos

hasta el fondo para que empiece a probarse la ropa. Ahora que ya ha visto a Charity, ¿a lo mejor tiene otros modelos para mostrarnos?

–Por supuesto, señor Amari. Todo está preparado en el fondo, y si necesitan algo no duden en pedírmelo.

–Lo haremos –dijo Rocco, agarrando con fuerza la mano de Charity y guiándola hasta la parte trasera de la tienda, a una sala que tenía las paredes de espejo, unas butacas elegantes y un probador separado por una cortina de terciopelo.

–¿Vas a explicarme de qué va todo esto? –preguntó ella.

–Mañana por la noche tengo que ir a una gala. Pensé que igual te apetecía ser mi invitada –dijo él, sentándose en una silla y estirando las piernas.

Ella pestañeó.

–¿Acabas de decidir que quieres llevarme?

–Nunca llevo mujeres a esos eventos. Creo que es una gala benéfica, pero no estoy seguro. No me importa. Echo dinero en la caja y con eso gano reputación.

–¿Por qué quieres llevarme?

Él frunció el ceño.

–¿Qué clase de pregunta es esa?

–Acabas de decirme que no sueles llevar mujeres a ese tipo de eventos. Ahora quieres llevarme a mí, así que, me preguntó qué ha cambiado.

–He decidido que no quiero conocer a una mujer en la gala y llevármela a casa. Ese es el motivo por el que no llevo mujeres a ese tipo de eventos, pero como tú eres la única mujer con la que quiero irme a casa, pienso que estaría bien que vinieras conmigo.

–Ah –dijo ella, conmovida por sus palabras.

Él miró a otro lado, tal y como hacía cuando ella se ponía sentimental.

–¿Esperabas algo más? No soy un hombre sentimental, *cara mia*. Eso ya deberías saberlo. Sincero, sí. ¿Sentimental? No. Puedo satisfacer tus deseos carnales, pero tendrás que lidiar con tus sentimientos de otra manera. ¿Quizá viendo películas románticas?

–Das por hecho que tengo otros sentimientos –dijo ella, entrando en el probador y cerrando la cortina–. Después de todo, soy una estafadora. Es muy probable que no los tenga.

Ella se volvió y vio varios vestidos colgados. Los tocó y percibió la suavidad de sus telas.

–Nunca he dicho que no tengas sentimientos –dijo él, desde el otro lado de la cortina.

–Pero es lo que piensas, ¿verdad?

–Puede que tenga dificultad a la hora de comprender sentimientos o de conectar con ellos, Charity, sin embargo, nunca he dicho que tú no los tengas. Y desde luego, no he dicho que fuera porque seas una estafadora. Eres tú la que en cuanto puedes te calificas como tal.

–Para que no lo olvidemos ninguno de los dos –se quitó la camiseta y los pantalones antes de sacar un vestido verde esmeralda de seda para probárselo.

–No voy a olvidar que eso ha sido lo que nos ha unido. Es una buena historia para contarle a nuestro hijo.

Ella se puso el vestido y trató de abrocharse la cremallera. Al hacerlo, movió las cortinas y Rocco se percató de que no lo conseguía.

–Deja que te ayude –le dijo.

–Estoy bien.

–No seas tan cabezota –repuso él.

Charity notó sus manos a través de la tela. Y cuando

él le subió la cremallera y le rozó la piel desnuda, una ola de deseo la invadió por dentro.

–Ya está –dijo él–. Es mucho más sencillo cuando no eres cabezota, ¿no crees?

Ella lo miró por encima del hombro y vio que estaba muy cerca.

–Puede que sea más fácil, pero no tan divertido.

Él sonrió y ella notó que la empujaba dentro del probador sujetándola por la cintura. Después, la volvió para que lo mirara, aprisionándola contra el espejo.

–¿Crees que esto es divertido? –presionó su cuerpo contra el de ella y Charity notó su miembro erecto contra el vientre–. ¿Un pequeño reto?

–¿Qué es la vida sin retos?

–Muerte –dijo él, mordisqueándole el cuello–. Mientras luchemos, sabemos que estamos vivos.

Ella no tenía duda de que estaba viva. El corazón le latía con fuerza, y deseaba algo que solo él podía ofrecerle.

–No podemos hacer esto aquí –dijo ella.

–Voy a pagar mucho dinero por esta habitación. He pagado menos por algunas suites de hotel, por lo tanto, puedo hacer lo que quiera aquí dentro –la besó en el mentón.

–Este vestido es muy bonito –dijo ella.

–Quedará mejor cuando esté arrugado en el suelo.

–Eso no me ayudará a elegir –dijo ella.

–Me gustan tus labios –dijo él, y la besó de forma apasionada. Cuando se separaron, ambos estaban jadeando–, pero lo que más me gusta es cuando envuelves mi miembro con ellos.

Charity notó que se le humedecía la entrepierna nada más oír sus palabras. Así era cómo funcionaban las cosas entre ellos. Él pedía, ella lo complacía. Él presionaba y ella cedía.

No obstante, esa vez lo haría esperar.

—Tengo que hacer unas compras —dijo ella, mordisqueándole el labio inferior—. Y tú tienes que sentarte ahí fuera y comportarte. Además, has de decirme qué vestido me queda mejor.

Él se quejó y la estrechó contra su cuerpo.

—¿Eso es lo que tengo que hacer?

—Sí —dijo ella, con firmeza.

Rocco la soltó y dio un paso atrás.

—Como quieras —se volvió y salió del probador.

Ella se separó del espejo y se volvió para mirar cómo le quedaba. Era precioso. Elegante. Y no era su estilo para nada.

Consiguió desabrochárselo sola, así que se lo quitó y continuó mirando otras prendas. Eligió un vestido de color dorado y llamativo. Algo que nunca habría elegido en otras circunstancias. Sin embargo, era el que más le gustaba.

Lo descolgó de la percha y se lo pisó. No tenía tirantes, así que se quitó el sujetador. Se miró en el espejo y se quedó boquiabierta. Incluso sin maquillaje, y sin peinar, casi parecía una persona diferente. Aquel vestido resaltaba su silueta y el tono dorado de su piel y de sus ojos.

Charity se movió y, cuando la luz incidió sobre la tela, dio la sensación de que el probador se llenaba de chispas. Ella ladeó la cabeza y apoyó la mano en la cadera, cargando el peso sobre la pierna izquierda. La tela se abrió, mostrando una abertura que llegaba hasta por encima de la rodilla.

A ella le gustaba. Y era probable que a Rocco le gustara también.

Salió del probador y vio a Rocco sentado en una silla. Parecía relajado y desinteresado. Hasta que levantó la vista y la vio allí de pie.

De pronto, su expresión se volvió de piedra.

—¿Qué te parece? —preguntó ella, pero ya lo sabía. Enseguida supo lo que él deseaba y sintió que una ola de calor la invadía por dentro.

—Tienes aspecto de muy valiosa —dijo él.

—No tiene el precio puesto, así que debe de serlo.

—El vestido no parece muy caro —se puso en pie—. Eres tú la que parece valiosa. No hay muchas cosas que no pueda permitirme, Charity, pero por tu aspecto tú podrías ser una de ellas.

—¿Es un cumplido, Rocco?

Él la sujetó por la barbilla para que lo mirara.

—¿Cómo podría no serlo?

—A algunas mujeres no les gusta la insinuación de que pueden ser compradas.

—No me refería a eso. Me gustan las cosas caras —dijo él, acariciándole el labio inferior—. No por el hecho de que representen estatus, sino porque representan seguridad. Estabilidad —le acarició el cabello—. Demuestra que no eres débil. Ni indefensa. Soy un hombre que ha pasado la vida coleccionando cosas, para demostrarme que ya no soy un niño en una casa vacía. Un niño sin poder. Ahora soy un hombre con mucho poder. Con toda la riqueza que uno puede desear. No hay nada que no pueda tener... Excepto tú. Estás por encima de mí. Por encima de cualquier hombre que vaya a la gala de esta noche —le acarició la mejilla—. Quizá, valiosa no sea la palabra. No tienes precio.

Charity trató de respirar y descubrió que no podía. Algo se movió en su interior, rellenando un vacío.

Nunca se había sentido valiosa. Desde el primer momento se había sentido basura, y su padre solía recordarle lo mucho que le costaba mantenerla y que tenía que empezar a ganar dinero. Ella no sumaba a su vida, sino que restaba.

El hecho de que Rocco le hubiera dicho que era valiosa, la había afectado.

—Si soy tan costosa... ¿merece la pena molestarse tanto por mí? —sabía que parecía insegura, e incluso desesperada. En aquellos momentos no le importaba. Sentía una nueva fuerza en su interior.

—Todo lo que merece la pena en la vida supone problemas. Se consigue con mucho trabajo y con un alto riesgo. Las cosas fáciles son para las personas débiles, incapaces de extraer toda la riqueza de la vida. Al menos, esa es mi opinión.

—Me llevaré este vestido —dijo ella, besándolo en los labios—. Ha tenido el efecto exacto que estaba buscando.

—¿Ha hecho que te deseara? Créeme si te digo que te deseo con el vestido o sin él, Charity. No importa lo que lleves puesto.

—Eso no es lo que quería decir. Hace que me sienta especial. Y como soy yo. Me gusta. Aunque tú también has dicho cosas bonitas.

Él sonrió.

—Para ser yo, eso era poesía.

—Lo tendré en cuenta. Y te lo agradezco —cerró los ojos y lo besó de nuevo—. Creo que aquí ya hemos terminado.

—Todavía no —dijo él con una pícara sonrisa—. Se me ocurría que quizá te gustaría tener la oportunidad de elegir en persona unas prendas de lencería.

Capítulo 8

LA GALA era un evento por todo lo alto. Los suelos eran de mármol, las columnas blancas, y del techo colgaban grandes lámparas de araña, pero nada resplandecía más que la mujer que iba agarrada de su brazo. Charity era la cosa más adorable que él había poseído nunca. Y nada más entrar en el salón lleno de gente, se percató de lo desesperado que estaba por regresar a casa con ella y cerrar la puerta, para colocarla en un lugar donde nadie pudiera tocarla.

Él había reconocido su valor, y después la había mostrado al público para que todo el mundo, y todos los hombres, la apreciaran. Entonces, sintió que algo que consideraba suyo corría peligro. Y nunca había experimentado tanta ansiedad. A medida que avanzaban por el salón, recordó al niño indefenso en la casa vacía, y la pérdida de la que nunca se pudo recuperar.

«No, eso no sucederá. Eso es lo bueno de tener poder».

De pronto, se percató de que se le había nublado la visión. Cuando se recuperó, agarró a Charity por la cintura con más fuerza y la atrajo hacia sí. Ella volvió la cabeza para mirarlo de forma inquisitiva.

Ella era muy sensible. Y siempre buscaba cosas en él que no existían. Aunque, en esa ocasión, suponía que sí. De todos modos, no pensaba contarle lo que pensaba, cuando ni siquiera él mismo quería admitirlo.

−¿Estás bien? −preguntó él, porque le resultaba más fácil darle la vuelta a la situación que analizarse a sí mismo.

−Estoy bien −dijo ella, mirando a su alrededor. Esa noche iba perfectamente peinada y maquillada, gracias a la persona que él había contratado para ayudarla a arreglarse. En un principio, ella se había ofendido una pizca, pero después había aceptado y el resultado era mucho mejor de lo que él nunca había imaginado.

Charity siempre era preciosa, pero esa noche su aspecto era espectacular. La maquilladora le había puesto sombra dorada y naranja alrededor de los ojos para resaltar su color marrón. Sus mejillas tenían un brillo especial, y sus labios un color afrutado que hacía que pareciera que estaban suplicando que los besaran.

Su cabello negro estaba peinado con dos ondas separadas. Ambas caían sobre sus hombros y una horquilla de brillantes sujetaba algunos rizos sobrantes.

El vestido dorado se adaptaba a las curvas de su cuerpo como una segunda piel, y la abertura de la falda dejaba al descubierto su muslo bronceado. Todo lo que él deseaba era llevarla a un pasillo oscuro para poder desnudarla y deshacerle el peinado.

No obstante, suponía que su deseo iba en contra del hecho de haberla llevado a aquella gala.

Necesitaba detenerla antes de llegar al centro del salón. Tenía otra cosa para ella, pero por un lado no deseaba entregársela porque Charity estaba perfecta tal y como estaba, y temía que su regalo pudiera arruinar su aspecto. O peor aún, robarle a él lo que le quedaba de autocontrol.

Por ese motivo debía dárselo. Para demostrarse que él no había perdido nada de autocontrol a causa de ella.

—Tengo algo para ti —dijo él, deteniéndose.

Ella lo miró sorprendida.

—¿Tienes algo para mí? ¿No me has dado ya bastante? Me has comprado toda esta ropa. Estás pagando la atención médica...

—No estoy llevando la cuenta —dijo él, con un tono más duro de lo que deseaba—. Al menos, aparte del millón de dólares que tu padre me robó.

—Así que estás llevando la cuenta.

—Solo esa. Esto no entra dentro de ella. Ni el vestido tampoco. Y por supuesto, tampoco la atención médica que estás recibiendo por el embarazo, por nuestro hijo. Deja de pensar que soy más monstruo de lo que soy.

Ella lo miró de nuevo.

—¿Más monstruo? Eso indica que sí lo eres.

—Sabes tan bien como yo que lo soy, pero tengo un regalo para ti —sacó una caja de terciopelo del bolsillo interior de la chaqueta y, al ver la cara de preocupación de Charity, añadió—: No es una serpiente venenosa.

—No pensé que lo fuera.

—Entonces, ¿por qué me miras así?

—Nadie me ha hecho un regalo antes. Y no, la lencería que enviaste a mi casa de Nueva York no cuenta.

—Nunca habría sugerido que contara —frunció el ceño—. Seguro que alguien te ha hecho un regalo alguna vez.

–¿Quién iba a hacerlo?

Rocco no tenía nada que decir. Había pasado gran parte de su infancia solo. Sin su madre. Aunque había tenido una durante un tiempo. Y ella le había hecho regalos. Muchos de ellos habían terminado quitándoselos, pero el hecho de que se los hubiera hecho... Eso no podían quitárselo. Mucho después de que se llevaran todo, el gesto permanecía.

Charity nunca había tenido algo así. Y se veía forzada a recibir un regalo de él. Un hombre que ni siquiera tenía capacidad para responsabilizarse del bienestar emocional de otra persona.

Rocco sintió un nudo en el estómago y abrió la caja rápidamente.

–Solo es un collar –le dijo, tratando de quitarle importancia para que ella dejara de mirarlo de esa manera. Expectante. Como si esperara que él supiera qué debía hacer. O qué decir. Como si él pudiera tener algún remedio para las cosas que le resultaban dolorosas.

–Es precioso –susurró ella con dulzura en la mirada.

–Debes ponértelo –dijo él. Lo sacó de la caja y lo desabrochó.

–De acuerdo. Si crees que va con mi vestido –dijo ella, frotándose las manos con nerviosismo.

–Lo he elegido para que conjuntara con el vestido –dijo él–. Por supuesto que quedará bien.

Le colocó el collar sobre el cuello y, sin dejar de mirarla a los ojos, se lo abrochó.

Había elegido una esmeralda en forma de lágrima, para que quedara perfectamente encajado entre sus pechos cuando se quitara el vestido. No lo había elegido para que conjuntara con la prenda. Lo había elegido para que pegara con su cuerpo. Con su piel.

No obstante, tenía la sensación de que, si se lo decía, la mirada de gratitud se borraría del rostro de Charity, y no quería que eso sucediera. Si lo mencionaba, sería cuando hubiera oscurecido. O hasta que la estuviera volviendo loca de placer.

Alargó la mano y agarró la piedra para sentir su peso antes de colocarla otra vez sobre su piel.

—Perfecto —dijo, y dio un paso atrás.

Ella era perfecta. Él sabía que ya no sería capaz de pensar en otra cosa que no fuera ella, desnuda y con el collar puesto. Aunque sabía que, de todos modos, si no le hubiera dado el collar, únicamente habría pensado en ella.

—Gracias —dijo ella con sinceridad.

—De nada —dijo él—. ¿Vamos? —estiró el brazo y miró hacia un grupo de personas que estaban en el centro del salón.

Él notó sus dedos delicados sobre el antebrazo y tragó saliva, haciendo un gran esfuerzo para no mirarla. La llevó hasta el centro del salón y, enseguida, todos los hombres se percataron de que él iba acompañado de un precioso ángel. Sin embargo, ella no era para ellos. Ninguno de los cretinos que había allí la merecía. Él tampoco, pero si alguien iba a disfrutar de su dulzor, sería él, porque ella le pertenecía.

Él la agarró con más fuerza y continuó guiándola entre la multitud.

Leon Carides, un ejecutivo griego con el que Rocco había tenido algún trato en el pasado, miró a Charity y después a Rocco. Sonrió y se separó del grupo con el que estaba hablando para acercarse a ellos.

—Amari —le dijo, sin apartar la vista de Charity—.

Me alegro de verte por aquí. Veo que has traído una invitada. Normalmente vienes solo a estos eventos.

–Esta noche no –dijo Rocco.

–Es evidente. Leon Carides.

–Charity Wyatt –contestó ella, y le tendió la mano.

–Un placer –dijo Leon, estrechando la mano de Charity más tiempo de lo que a él le habría gustado.

–¿Tienes algún negocio del que quieras hablar, Carides?

–No especialmente –dijo el hombre, mirando a Charity–. Aunque he de decir que me sorprende que hayas traído acompañante. Otras veces prefieres robarme la mía al final de la noche en lugar de traerte la tuya.

Durante un instante, Rocco se enfureció al oír que Leon se refería a su comportamiento pasado. No quería que hablaran de ello delante de Charity. Algo ridículo. Sobre todo porque ella sabía perfectamente qué clase de hombre era.

–Si crees que me vas a devolver el favor, Carides, piénsalo bien.

–Eso dependerá de tu acompañante, ¿no crees? –preguntó Leon, mirando a Charity de arriba abajo.

–Su acompañante está aquí delante –dijo Charity–. Y gracias por el ofrecimiento, si es que era un ofrecimiento. Es un halago para mí.

–Lo era –dijo Leon–. ¿Tienes una respuesta para mí?

–No –dijo Rocco–. Su respuesta es no.

Notó que Charity se ponía tensa, pero no le importaba si estaba enfadada con él. Lo único que le importaba era que Leon comprendiera que Charity le pertenecía y que no se iría de allí con otra persona.

–Puedo hablar por mí misma –dijo ella.

—No has hablado lo bastante rápido —dijo él.

—Rocco...

—Hay problemas en el paraíso... Una lástima —dijo Leon—. Si tienes una respuesta diferente que él —le dijo a Charity—, ven a buscarme antes de irte —se volvió y se marchó dejando a Rocco enfurecido.

—No necesito que contestes por mí —dijo Charity.

—Te he dado un regalo, puedo hacer lo que quiera —repuso él, consciente de que estaba siendo irracional.

—Te lo devolveré si es así como lo ves. Yo creía que los regalos venían sin condicionantes.

—¿Cómo ibas a saberlo, si es el primero que has recibido?

Durante un instante, él vio dolor en su mirada, antes de que ella volviera a ponerse la máscara y su expresión fuera indescifrable.

—Me arrepiento de habértelo contado.

El deseaba decirle que no se arrepintiera. Quería pedirle disculpas, pero no estaba seguro de qué serviría. Momentos antes, ella lo había mirado como si quisiera algo de él, algo profundo y sentimental. Y él acababa de demostrarle que no era el hombre adecuado para dárselo. Era por su bien.

—Ojalá pudiera ofrecerte algo más sustancioso que el arrepentimiento —dijo él—. Tristemente, me da la sensación de que, si estás buscando algo más que satisfacción física, conmigo solo vas a encontrar arrepentimiento.

—Lo recordaré. Me pregunto si pasará lo mismo con Leon. Algo a tener en cuenta, puesto que parece que tengo abierta una invitación.

Rocco deslizó la mano por su espalda y la sujetó por la nuca.

–Dime, *cara*, ¿quieres que el padre de tu hijo vaya a prisión por asesinato?

–No.

–Entonces, no me incites a matar a Leon Carides.

Charity abrió la boca para contestar, pero él decidió que ya habían acabado de hablar.

–¿Bailamos?

–Eso no es lo que esperaba que dijeras.

–¿Importa lo que esperaras? Ven a bailar conmigo. No es una petición. ¿O es que se te ha olvidado que soy yo quien tiene poder en este acuerdo? –se estaba portando como un cretino y lo sabía, pero no era capaz de moderarse.

–¿Cómo voy a olvidarlo, si no paras de recordármelo?

Ella estaba enfadada, pero permitió que la llevara hasta la pista de baile, y que la abrazara hasta que sus senos quedaron presionados contra su torso. Incluso lo rodeó por el cuello con los brazos, fingiendo docilidad. Él sabía que no era real. Sabía que ella solo fingía para poder acercarse lo suficiente y estrangularlo.

Llevó la mano hasta su trasero y la presionó todavía más contra su cuerpo para que notara su miembro erecto.

Ella echó la cabeza hacia atrás. La rabia se percibía en su mirada, pero también su deseo por él.

–No parece importarte –dijo él, moviéndose al ritmo de la música.

–Por supuesto que me importa. Un prisionero no debe olvidar que está en la cárcel.

–Pero tú no estás en la cárcel, cariño mío, ¿o lo has olvidado? Podrías estar, pero no es así.

Ella alzó la barbilla.

–¿Se supone que debo arrodillarme y agradecértelo?

–Depende de lo que pretendas hacer mientras estés abajo.

–¿Asegurarme de que no puedas engendrar más hijos?

–Ah, ambos sabemos que no lo harás. Esa parte de mi cuerpo es demasiado valiosa para ti. Me lo has demostrado durante la última semana. Varias veces –se inclinó y la besó en los labios–. Puede que no te guste, Charity, pero no puedes resistirte a mí.

–Sigue hablando. Un par de frases más y seré capaz de resistirme a ti para siempre.

–Ambos sabemos que no es verdad. Si no pudiste resistirte a mí el día de The Mark, no podrás resistirte ahora.

Lo dijo como si estuviera seguro de ello, pero era una pregunta. Y se odiaba por tener la necesidad de preguntárselo.

Necesitaba saber que ella era suya. Que no se marcharía de su lado. Que él era tan irresistible para ella como ella para él.

–Pareces decidido a presionarme hasta que lo consiga.

–¿De veras? No era mi intención.

–Entonces, a lo mejor podrías intentar ser agradable un rato.

–No sé ser agradable –dijo él–. Nunca he tenido que serlo.

–Podrías empezar por no amenazar de muerte a los hombres que conocemos en las fiestas. Y después, puedes continuar dejando de comportarte como si tuvieras derecho de controlar mis actos.

–Creo que no lo comprendes, *cara*. Eres mía –levantó la mano y le acarició la mejilla–. Y cuando alguien trata de robarme lo que es mío, no respondo amablemente. Leon se estaba metiendo en terreno peligroso.

–Yo no soy un objeto, Rocco. Ese hombre no va a agarrarme y a salir corriendo conmigo

–Puede. Es un hombre rico. Tendría mucho que ofrecerte.

–Creía que no tenía precio, Rocco. ¿Por qué te comportas como si pudieran comprarme?

–Parecías interesada.

–No lo estoy. No me interesa un hombre que no me sujete el cabello cuando vomito por la mañana, después de haber pasado toda la noche abrazándome. Y me ofende que pienses que podría tener la tentación de irme con él.

–¿Por qué iba a pensar de otra manera? No te conozco.

–Me ofendes –dijo ella–. Me conoces mejor que nadie.

–¿De veras? –preguntó él, era como si le hubieran dado una bofetada.

–¿Cómo puedes preguntármelo? Eres el único hombre con el que estado. Y lo sabes.

–En mi experiencia, el sexo no tiene nada que ver con lo bien que se conoce a alguien.

–Puede que para ti no, pero para mí sí. Ya sabes que nunca había estado con otro hombre. Me siento como si hubieses estado mirándome mientras yo descubría quién soy. ¿Cómo puedes decir que no me conoces? –sus ojos estaban llenos de emoción.

–Quiero enseñarte una cosa.

Ella frunció el ceño.

—Si es lo que tienes en la entrepierna, me voy a adelantar y a decirte que no, gracias.

Él se rio. No estaba seguro cómo podía estar tan enfadado, excitado y divertido al mismo tiempo. No estaba seguro cómo había acabado allí, sintiéndose así, con una mujer a la que había tratado de odiar.

—Bueno, es probable que más tarde te ofrezca la posibilidad de enseñártelo, pero ahora no es eso —no estaba seguro de por qué estaba haciéndole esa oferta. Excepto porque quizá era un intento desesperado de reparar el daño que le había causado durante la pasada media hora.

—Está bien, puedes enseñarme lo que quieras —dijo ella.

—Cuando termine esta canción.

Y el resto del baile la mantuvo abrazada. En silencio. Ninguno de los dos dijo nada, y durante unos minutos, él pensó que quizá no solo lo deseara, sino que era posible que él también le gustara.

Charity no estaba segura de qué había pasado entre Rocco y ella en la gala. Sí, se habían peleado, pero en cierto modo se sentía más unida a él de lo que se sentía antes de salir de casa. Él le había dado un regalo. La había ofendido. La había hecho sentir. La había enfadado, la había hecho sentirse feliz, y triste. Todo ello en el salón de un hotel.

Ya estaban de regreso en la villa y ella no estaba segura de qué iba a suceder después. Además, cuando él le dijo que había algo que quería mostrarle, ella había percibido un tono extraño.

–¿Qué es lo que querías enseñarme? –preguntó ella, deteniéndose en la entrada.

–Mis cosas –dijo él.

–¿Qué cosas?

–Todas. Ya sé que has vivido en mi casa una semana, así que has visto algunas, pero... Ven conmigo.

Él se adelantó y la llevó por un pasillo por el que Charity nunca había pasado antes. Ella se abrazó, de pronto se sentía helada.

Rocco se detuvo frente a una puerta y se volvió para mirarla. Después, marcó una clave numérica en un panel y la puerta se abrió.

–¿Seguridad interna?

–Sí –dijo él–. Ya te lo he dicho, nadie me roba.

Ella recordó lo que él le había contado acerca de cuando murió su madre. Cuando se llevaron todas las cosas de su casa, él incluido. Lo miró un instante y, cuando Rocco vio la expresión de su rostro, miró a otro lado y abrió las puertas.

Ella se aceró a él y lo abrazó por la cintura desde atrás. Ella estaba temblando, y ni siquiera había visto lo que él quería mostrarle.

–No tienes que hacerlo –dijo ella, con el corazón acelerado.

–Quiero enseñártelo –dijo él.

Él se liberó de su abrazo y entró en la habitación.

Había cuadros en todas las paredes, figuritas en cajas de cristal, colecciones de monedas, espadas. Básicamente todo lo que podía coleccionarse, excepto coches.

–Colecciono cosas. Cosas caras. En realidad, cualquier cosa cara. Ya te lo conté, cuando mi madre murió, lo perdí todo. Pasé la mayor parte de mi vida sin nada que me perteneciera. Compartía habitaciones con otros niños. Las casas eran temporales. No tenía familia. No tenía nada. Me sentía indefenso. A medida que fui teniendo más éxito, me percaté de que eso lo podía solucionar. Me compré una casa. Ahora tengo cuatro. Y mi propia habitación en todas ellas. Nadie duerme allí, excepto yo.

Charity se percató de que nunca había pasado tiempo en su habitación. Cuando habían dormido juntos, había sido en la suya.

—Y empecé a coleccionar cosas para reemplazar lo que había perdido —la miró a los ojos—. Protejo lo que me pertenece.

Ella recordó lo que él le había dicho en la gala. Que ella era suya. Que le pertenecía. En esos momentos, se había ofendido, pero había descubierto que sus palabras tenían un significado más profundo de lo que pensaba.

Dio una vuelta sobre sí misma para observar su colección.

—Es impresionante —dijo ella.

—¿Lo es? —preguntó él—. Confieso que no disfruto de lo que tengo aquí muy a menudo, aunque frecuentemente vengo a comprobar que todo está aquí.

Sus palabras provocaron que a Charity se le encogiera el corazón. Apenas podía respirar. Miró hacia una esquina de la habitación y vio un pedestal con una vitrina, pero no conseguía ver lo que había dentro.

Dio un paso adelante y se sorprendió al ver el contenido.

Eran soldaditos de plástico verde que no tenían ningún valor. Al menos, no valor económico.

—Rocco...

Él se sonrojó una pizca y miró a otro lado.

–Eran mis favoritos. Es lo que más echaba de menos. Aparte de a mi madre, pero era lo que más echaba de menos que podía reemplazar –la miró y ella percibió vacío en su mirada–. Ahora, ya lo sabes.

–Sí –dijo ella.

Y estaba segura de que no solo estaban hablando de la colección.

–Rocco.

Él se acercó a ella, y la estrechó contra su cuerpo.

–No –le acarició la mejilla.

–No, ¿qué?

–No, a lo que fueras a hacer. Bésame en lugar de eso.

Charity se puso de puntillas y lo besó. Él le acarició el cabello y la besó de manera apasionada. Estaba temblando, y ella lo notó. Rocco le acarició el cuello y apoyó la mano sobre la piedra de su collar.

–Perfecta –dijo él–. Y mía –ella se percató de que no se refería a la piedra–. Si pudiera guardarte aquí, como al resto de cosas que poseo.

A Charity se le aceleró el corazón. Le daba la sensación de que él estaba siendo sincero y que, si pudiera, la encerraría en una vitrina de cristal. No obstante, ella no quería escapar de su lado, porque eso significaba estar sin él. Y no quería.

De pronto, descubrió qué era lo que sentía. Lo amaba, y deseaba que él la amara también.

Era estúpida. Había querido que su padre la amara, y que su madre también. Una madre que ni siquiera había estado a su lado. Durante toda la vida había anhelado el amor de gente que no estaba dispuesta a dárselo. Y lo mismo le sucedía con Rocco.

El padre de su hijo. Su amante. El único hombre que la conocía.

De pronto, sintió que el corazón no le cabía en el pecho, los ojos se le llenaron de lágrimas y le dolía todo el cuerpo.

«A lo mejor nadie te quiere porque no mereces que te quieran».

Apretó los dientes y cerró los ojos para no oír la voz que gritaba en su interior, poniendo en palabras lo que siempre había creído de corazón.

Si hubiese merecido ser amada, alguien la habría amado.

Era una ladrona. Era culpable. Había robado a un hombre que valoraba sus posesiones por encima de todo lo demás. Un hombre que ya había perdido bastante.

Él nunca podría sentir por ella lo mismo que ella sentía por él, pero no era el momento de pensar en eso.

–Lo siento –dijo ella–. Siento haberte robado. No tenía derecho a llevarme nada tuyo. Y no tengo excusa. No puedo excusarme culpando a mi padre. Ni a mi infancia. Yo sabía que estaba mal y lo hice de todos modos. Lo siento –dijo, repitiendo sus palabras una y otra vez–. Sé que estuvo mal, y no volveré a hacerlo nunca más. He cambiado. De veras.

–Sé que tú robaste el dinero –dijo él, mirándola a los ojos–. No importa.

–Sí.

Rocco la interrumpió con un beso, sin soltar la piedra del collar.

–No –dijo él, apoyando la frente sobre la de ella–. No eres una estafadora. Has cometido alguna estafa.

Creo que has engañado a gente. Y a mí, pero esas estafas solo son cosas que has hecho. Nada más.

Ella tragó saliva. Tenía un nudo en la garganta y apenas podía respirar.

—No merezco esto.

—La vida no es más que una serie de cosas que no merecemos. Buenas y malas. Siempre digo que aprovechemos lo bueno cuando llega, porque lo malo nunca tarda mucho en llegar.

—Yo no...

—Acéptalo. Acepta esto —dijo él, besándola de nuevo.

Charity cerró los ojos y lo besó. Tenía razón. La vida no era justa. Ella lo había aceptado en relación a lo malo, pero eso era bueno. Así que debía aceptarlo. Mientras durara.

Rocco se aflojó la corbata y ella lo ayudó a quitársela. Después, comenzó a desabrocharle la camisa. Estaba temblando.

No sabía qué le depararía el futuro, pero sabía que deseaba aquello. Y que lo amaba. Más allá, no le importaba.

Él la tumbó sobre la alfombra sin dejar de besarla y se colocó sobre ella. Le acarició el muslo a través de la abertura del vestido.

—Tengo una fantasía. Quiero verte desnuda, pero con el collar puesto.

Al oír sus palabras, ella se excitó aún más. Ella era su fantasía.

—Es una fantasía fácil de cumplir —repuso ella, besándolo en el mentón.

Rocco le desabrochó el vestido y se lo quitó. Después, metió los dedos bajo la cinturilla de su ropa interior y la desnudó.

–Sí –dijo él–. Es exactamente lo que deseaba –levantó la mano y tocó el collar, sosteniendo la piedra en su mano–. Así es como imaginé que quedaría –lo dejó caer entre sus pechos–. Me gusta tenerte aquí, con mi colección. Eres mía, Charity.

Ella apoyó la mano sobre su torso y, a través de la camisa, notó el latido acelerado de su corazón.

–Mío –dijo ella–. Si crees que puedes poseerme, yo también te poseeré a ti.

–Todo tuyo –dijo él–. Aunque no estoy seguro de para qué me quieres –la besó entre los senos.

Rocco se enderezó y se quitó la camisa. Después, se quitó los pantalones, los zapatos y la ropa interior.

–Todo esto es tuyo, si lo quieres.

Ella contempló su cuerpo musculoso.

–Dime que me deseas –dijo él, con tono de desesperación.

–Sabes que lo hago –dijo ella.

–Necesito que me lo digas, porque la primera vez sentiste que estabas obligada a desnudarte para mí. Ahora quiero que estés aquí, desnuda, a mi lado, porque lo deseas.

–Así es. Te deseo.

Era todo el permiso que él necesitaba. La besó, se colocó sobre su cuerpo le separó los muslos para acomodarse entre ellos. Le acarició un pecho y le pellizcó el pezón con delicadeza. Ella se estremeció de placer. Un placer que siempre asociaría con Rocco, y con el amor que sentía por él.

El amor que quería recibir de él.

Rocco inclinó la cabeza y cubrió su pezón con la boca.

–Eres mía –le dijo, jugueteando con la lengua. Después, se deslizó hasta el ombligo, y más abajo, hasta que sus labios cubrieron la parte más sensible de su cuerpo–. Eres mía –repitió.

Agachó de nuevo la cabeza y saboreó su esencia, jugueteando con la lengua sobre el centro de su feminidad, antes de penetrarla con ella. Charity arqueó el cuerpo y comenzó a moverse al ritmo de él.

Rocco levantó la cabeza y le mordisqueó la parte interna del muslo. La sensación de dolor la llevó cerca del clímax.

–Eres mía –dijo él–. Toda tú. Toda para mí.

Se acercó a su boca y la besó de nuevo.

La penetró y ella gimió de placer, acercándose cada vez más al orgasmo.

Él la miró fijamente a los ojos mientras buscaba su propio placer. Le agarró el cabello con una mano y, con la otra, la sujetó con fuerza por la cadera.

–Mía, Charity. Eres mía –repitió, gimiendo al mismo tiempo que llegaba al éxtasis. Cerró los ojos y perdió completamente el control.

Charity lo rodeó por el cuello y lo abrazó. La alfombra empezaba a clavársele en la espalda, y él pesaba bastante, pero no quería que se moviera. Deseaba conservar ese momento para siempre.

Era el momento más feliz de su vida. Veía todo un futuro por delante y, en él, no estaba sola. Tenía a Rocco y al bebé. Seguridad y pasión.

Al cabo de un largo rato, él se cambió de postura. La rodeó por la cintura y apoyó la barbilla en su hombro. Ella podía haberse quedado así para siempre.

No se durmió. Simplemente permaneció entre los brazos de Rocco, deseando que no amaneciera.

Sabía que era inevitable que pasara el tiempo. Y

que ese momento terminara. Entonces, todas las posibilidades maravillosas desaparecerían, porque el futuro se convertiría en presente.

Sin embargo, todavía estaba entre los brazos de Rocco.

Y no tenía sentido pensar en otra cosa.

Capítulo 9

EL TELÉFONO de Charity sonó sobre las tres de la madrugada. Rocco abrió los ojos y permaneció mirando al techo en la oscuridad. A su lado, ella se movió para incorporarse.

–¿Diga? –preguntó medio dormida–. ¿Qué es lo que quieres? ¿Por qué me llamas? –Charity se levantó de la cama y Rocco permaneció inmóvil.

–Podría estar en la cárcel por tu culpa –dijo ella–. Y ni siquiera te has molestado en comprobarlo.

El padre de Charity. Tenía que ser él. Rocco no se movió. Quería que ella permaneciera en la habitación, que continuara hablando, pero sobre todo deseaba arrancarle el teléfono de la mano y gritar al hombre que estaba al otro lado.

Y no para que le devolviera su dinero.

Por algún motivo, en ese momento, Rocco estaba enfadado porque ese hombre había permitido que su hija cargara con las consecuencias de lo que él había hecho.

–¿Que te habrías enterado por las noticias? Mira qué bien.

Charity abrió la puerta de la habitación y salió.

Rocco se puso en pie y se acercó a la puerta entreabierta para escuchar el resto de la conversación.

–Tienes que devolver el dinero –decía ella.

Él sintió cierta presión en el pecho. Si su padre devolvía el dinero, él ya no llevaría ventaja en aquella situación.

Sabía que nunca la habría enviado a la cárcel. Y menos después de lo que había compartido con ella. La protegería siempre, pero, si ella se enteraba, podía marcharse. Y eso era inaceptable.

–Él sabe quién soy –hizo una pausa–. Ahora estoy con él. No es asunto tuyo qué estoy haciendo con él.

Rocco supuso que el padre estaba hablando.

–Sí, de hecho me estoy acostando con él, pero no es asunto tuyo –paseó de un lado a otro–. ¿Una zorra? Ya ves. Tú eres un ladrón. Devuelve el dinero, porque si hay algo que yo no puedo hacer es protegerte de él. Hará lo que quiera. No tengo ningún control sobre ello.

Charity debió de colgar, porque momentos más tarde ella bajó la mano a un lado del cuerpo y Rocco oyó que blasfemaba en voz baja.

Rocco regresó a la cama y esperó a que volviera.

–¿Quién era? –preguntó él.

–Nadie –dijo ella, y se metió de nuevo en la cama.

Rocco se sintió un poco decepcionado, pero no sabía por qué.

Quizá porque pensaba que el hecho de que ella hubiese mantenido la llamada en secreto era porque no confiaba en él.

–¿Se han equivocado?

–Sí –dijo ella–. No –dijo después–. Era mi padre. Lo siento, me parecía más fácil mentirte.

Él se sintió aliviado.

–Lo sé. Te estaba escuchando. Ya que has sido sincera supongo que yo también debo serlo.

–Ah. ¿Ibas a permitir que me escaqueara con una mentira?

–Sí.

–No me ha dicho nada. Solo quería saber si tú lo habías descubierto. Y le he dicho que sí. Dice que ya no tiene el dinero. Y, como habrás podido deducir por mi tono, no se arrepiente de haberme dejado en la estacada. De hecho, me ha llamado varias cosas.

–Tú no eres una zorra –dijo él, enfadado–. Y siento haber empleado esa palabra contigo. Estaba enfadado y trataba de herirte. Y sabía que eso te resultaría doloroso. Sobre todo después de lo que había hecho –hizo una pausa–. Sé lo que es tener desventaja en la vida. El hecho de haberte puesto en la posición de tener que entregar tu cuerpo a cambio de la libertad... Ha sido desmesurado. Aunque ya sabes que soy un hombre que durante muchos años no ha tenido ningún tipo de conciencia. Sin embargo, nunca había imaginado que me convertiría en un hombre de los que se aprovechan de las mujeres de esa manera.

–Gracias –dijo ella, apoyando el rostro contra su hombro–. Gracias.

–No estoy seguro de que merezca que me des las gracias.

–Pues te equivocas. Y te comportaste como una bestia. Claro que yo tampoco fui un ángel. Te robé. Y te mentí. Y traté de aparentar que era una chica inocente para que sintieras lástima de mí. Y después, cuando fuimos a la habitación del hotel, me olvidé de todo. Sé que todo empezó como empezó, pero cuando me besaste, me olvidé de todo excepto de que te deseaba. Tú no me forzaste. Eso lo sabes.

–Nunca me cansaré de oírlo –se rio, sin humor en

la voz–. Así que el hecho de que tengas que decírmelo dice mucho sobre mi persona.

–Ya hemos hablado de esto. Ninguno de los dos éramos estupendos cuando nos conocimos.

–No estoy de acuerdo –dijo él–. Eres una mujer muy fuerte. Has tomado algunas decisiones equivocadas, pero creo que siempre has sido fuerte. Sobreviviste a una infancia difícil...

–Admito que no todo eran rosas y flores, pero mucha gente lo pasa mal y nunca se vuelven delincuentes.

–Y muchas personas recuperan el dinero que les han robado sin chantajear al ladrón para que se acueste con ellas.

–Yo no puedo devolverte el dinero –dijo ella–. Ni siquiera sé dónde está mi padre.

–Entonces tendrás que quedarte conmigo. Casarte conmigo –no era su intención proponérselo, pero nada más pronunciar las palabras se percató de lo mucho que deseaba que dijera que sí, así que decidió no darle elección–. Has de hacerlo. Es la única manera de que puedas compensarme por lo que te llevaste.

–¿Es una propuesta o más chantaje? Es difícil saberlo, contigo.

–Un poco de ambos.

–No parecía una pregunta.

Él la abrazó.

–No lo era.

–¿Y en qué nos beneficia el matrimonio?

–Ya te lo he dicho, Charity. Ahora eres mía –cerró los ojos y apretó los dientes para afrontar los intensos sentimientos que lo invadían. No estaba acostumbrado a aquello–. El matrimonio es una buena manera de que esto sea permanente.

–De acuerdo –dijo ella.

–¿Esa es tu respuesta?

–No era una pregunta. Tú lo has dicho.

–No –dijo él–. No lo era –contestó, pensando en que le habría gustado más oír un sí de sus labios que hubiera aceptado obligada.

Aunque, si le formulaba la pregunta, tenía que aceptar que a lo mejor la respuesta era no.

No estaba preparado para correr el riesgo.

–Entonces, ¿cuándo quieres casarte?

–Antes de que nazca el bebé –dijo él.

Cuanto antes lo hicieran oficial, mejor. Quizá así conseguía aplacar el pánico que se había apoderado de él.

–Imagino que necesitaré un vestido.

–Yo sé dónde podemos conseguir uno.

Cerró los ojos y disfrutó del calor de la mano de Charity sobre su pecho.

Pronto tendría un anillo que conjuntara con el collar. Y todo el mundo sabría que ella le pertenecía.

Charity se estaba probando el vestido de boda y Rocco tenía prohibido asistir. Eso significaba que él había decidido ir de todos modos. En ese momento, le habían prohibido entrar en la habitación hasta que la modista terminara de adaptarle el vestido a Charity.

Habían decidido que sería una boda pequeña. Rocco no tenía amigos a los que invitar, pero algunos de sus socios se ofenderían si no pudieran asistir al evento.

Los periodistas irían les gustara o no y hablarían de que Rocco Amari, el legendario playboy había sentado la cabeza. Inevitablemente, la verdad acerca del bebé también saldría a relucir. Sobre todo porque a Charity empezaba a notársele el embarazo y faltaban tres semanas para la boda.

Rocco no podía esperar para verla. Y era un hombre que nunca hacía lo que no quería hacer. Se volvió y regresó al dormitorio, abriendo la puerta sin llamar.

Charity lo miró asombrada. Igual que la mujer que estaba arrodillada a su lado poniendo alfileres en el vestido.

Charity llevaba la melena suelta y tenía un par de flores en el cabello. El vestido era sencillo, ajustado bajo los pechos y un poco más suelto a la altura del vientre, resaltando de ese modo los bonitos cambios que había sufrido su cuerpo durante las últimas semanas.

Al mirarla, Rocco notó que su cuerpo reaccionaba.

Su mujer, vestida de novia y llevando a su hijo en el vientre.

—Preciosa —dijo él.

—Se suponía que no ibas a entrar —dijo ella, claramente molesta con él.

—Todo lo que hemos hecho es irregular. ¿Por qué íbamos a volvernos tradicionales con esto? —preguntó él.

—¿Quizá porque te había pedido que no lo hicieras? —arqueó una ceja.

—No suelo acatar órdenes, Charity, algo que ya deberías saber. ¿Ha terminado? —se dirigió a la modista.

—Sí, pero tendré que llevarme el vestido para retocarlo.

—Yo la ayudaré a desvestirse. Puede marcharse —dijo él.

La mujer asintió y se puso en pie para salir rápidamente de la habitación.

–Bueno, veo que hoy estás de un humor un tanto déspota.

Él se encogió de hombros.

–¿Estoy diferente a otras veces?

–Supongo que no.

–No quería que estuviera delante mientras te daba esto. Y tampoco quería esperar para dártelo –metió la mano en la chaqueta y sacó una cajita–. Hablando de todo lo que hemos hecho de forma irregular... –la abrió y le enseñó el anillo que tenía dentro. Una esmeralda a juego con su collar.

Charity lo miró y pestañeó despacio.

–¿Se supone que tengo que sacarlo yo?

–¿Quieres que yo te lo ponga? –en realidad estaba deseando hacerlo.

–No es necesario –dijo ella, y agarró el anillo para ponérselo en el dedo anular–. Es precioso –dijo ella–. Tienes muy buen gusto para las joyas.

–Sí, bueno, soy experto en cosas buenas. Es un cumplido, por cierto.

–¿Ah, sí?

–No pareces contenta conmigo –dijo él.

–¿No? Estoy bien.

–No me mientas. Estoy cansado de las mentiras entre nosotros.

Ella suspiró.

–Está bien, estoy un poco aturdida. Todo está sucediendo demasiado deprisa.

–Tiene que ser así. Dijiste que querías casarte antes de que naciera el bebé.

–Nunca dije que quisiera casarme –dijo ella, y a Rocco le sentó como una bofetada.

–Yo no recuerdo habértelo preguntado –dijo él.

–No lo hiciste.

Él se volvió y comenzó a pasear de un lado a otro de la habitación.

–Pero quieres hacerlo.

–¿Importa?

–¿Qué otras opciones tienes? ¿Regresar a Brooklyn? ¿Ir a la cárcel?

–No tengo otras opciones –dijo ella.

–Todo va a salir bien –dijo él.

–Estoy segura –dijo ella.

–¿Qué te pasa? La última vez que hablamos de esto estabas contenta. Y esta mañana.

–Ahora parece muy real.

–Entonces, las semanas que has vivido conmigo, y compartido mi cama, ¿no te han parecido reales?

–Sabes a qué me refiero. Esto parece permanente –se le humedecieron los ojos–. En cierto modo no puedo creer todo lo que ha sucedido durante los cuatro últimos meses. Y tampoco... No importa.

–No, dime.

–¿O qué? ¿O me enviarás a la cárcel?

–Si yo fuera tú, estaría muy preocupado.

–No tengo que estarlo, porque hago lo que pides.

–Asegúrate de que sigues haciéndolo –se volvió y ella lo agarró del brazo–. ¿Qué?

–¿Quieres casarte conmigo? –él la miró–. Quiero decir, ¿quieres estar junto a mí? ¿O solo lo haces para mantener el control?

–Por supuesto, quiero el control.

–¿Vas a serme fiel?

Él no había vuelto a pensar en ello, pero la verdad era que no deseaba estar con nadie más.

–Sí, y tú me serás fiel a mí –dijo él.

–¿Otra condición?

–Lo es –dijo entre dientes.

–No has contestado a mi primera pregunta. ¿Me deseas?

Él levantó la mano y colocó la mano sobre su mejilla, acariciándole el labio inferior con el dedo pulgar. Era tan suave. No podía imaginar que algún día llegara a no desearla.

–Te deseo.

Y tras esas palabras, se volvió y salió de la habitación.

Charity lo observó marchar y se quedó de pie, con una sensación de vacío en el estómago. De pronto, empezaron a temblarle las piernas y se cayó al suelo, con el vestido arrugado a su alrededor.

Miró el anillo que Rocco le había dado. Él no se lo había puesto en el dedo. Por supuesto, ella no se lo había permitido. ¿De qué servía que un hombre le pusiera el anillo en el dedo cuando había tenido que pedírselo? En un mundo ideal, él habría querido ponérselo.

Claro que no vivía en un mundo ideal. Y su relación no era real. Al menos, para él.

No podía olvidar que su relación con él había comenzado con una amenaza y una bolsa de lencería, pero era difícil recordarlo, ya que se sentía muy unida a él.

En un principio, le había parecido agradable que él dijera que era suya, pero empezaba a darse cuenta de que lo que quería era su amor. Que la amara.

Deseaba que la amara durante toda la vida, y no quería pasarse los años deseando lo mismo y no obteniendo nada a cambio.

Sin embargo, estaba atrapada.

A menos que consiguiera cambiar algo.

Y eso no sucedería si permanecía arrodillada como si estuviera indefensa. Era inaceptable.

Se puso en pie y se ajustó la falda, saliendo de la habitación y mirando a ambos lados del pasillo, buscando a Rocco. No sabía por qué, pero tenía la sensación de que se había marchado a su dormitorio. Él nunca la había invitado allí. Era uno de sus espacios sagrados y ella había descubierto que tenía alguno más.

Otra muestra de que él no la amaba. Había muchas partes de su vida que él mantenía en secreto, sin compartirlas con ella.

Otra cosa que estaba a punto de terminar.

Avanzó hacia su habitación y abrió la puerta sin llamar. Rocco estaba de pie junto a la cama, desabrochándose los puños de la camisa. Él levantó la cabeza y preguntó:

—¿Qué estás haciendo aquí?

—Desde luego, no he venido a tomar el aire —dijo ella, con tono neutral.

Él se cruzó de brazos.

—Habla.

—¿Y si te dijera que no quería casarme?

—Te diría que es una pena. ¿Eso es todo?

—No quiero casarme —dijo ella.

—¿Y por qué me lo dices ahora? ¿Con el vestido puesto? Parece un poco tarde para quejarte, ¿no crees?

Charity estaba confusa. Deseaba casarse con él, y pasar la vida a su lado, pero no en esas circunstancias. No como parte de su plan de venganza, o recompensa. Ella quería que se casara con ella porque la amaba. Porque deseaba compartir la vida con ella.

–No creo que sea demasiado tarde hasta que hayamos pronunciado los votos –respiró hondo–. Tal y como están las cosas, no quiero casarme contigo.

–No tienes elección, *cara mia* –dijo él, y se arremangó la camisa–. La decisión está tomada. Y a menos que quieras que presente cargos contra ti...

–Seguimos con amenazas, ¿no?

–Si es lo que hace falta.

–Soy tu prisionera, no tu prometida. Necesito que lo comprendas.

Él la agarró por la muñeca y le levantó la mano, de forma que la luz incidió sobre su anillo resaltando su brillo.

–Esto sugiere algo distinto.

–Una prometida puede marcharse cuando lo desee, sin sentirse amenazada por ir a la cárcel. Una prisionera no. No te mientas a ti mismo, Rocco. No finjas que esto es algo que no es. Nada ha cambiado. Todo es como al principio. Tú exiges, y me amenazas si no obedezco. Y aunque te deseo, siempre estaré condicionada por ello. Y por no tener otra elección. Así que, ahora te digo que no quiero ser tu esposa.

Él estiró de ella y la besó de forma apasionada. Ella lo besó también, poniendo todos sus sentimientos en aquel beso. La rabia y el amor.

Cuando se separaron, ambos estaban jadeando.

–No importa lo que tú quieras. Serás mi esposa. Eso es definitivo. Ahora, sal de mi habitación y no vuelvas hasta que no te haya invitado.

Charity tragó saliva para deshacer el nudo que tenía en la garganta.

Asintió y se marchó de la habitación. Una ola de tristeza la invadió por dentro. Empezaba a pensar que si vivía con Rocco, y sin que él compartiera sus sentimientos con ella, se sentiría mucho más sola que si no viviera con él.

Nunca lo descubriría, porque no tenía elección. O sí. Podía marcharse y ponerlo a prueba para ver si de verdad la mandaba a prisión, pero, por mucho que creyera que no iba a hacerlo, no podía arriesgarse. Sabía muy bien que era culpable.

No podía marcharse, pero quería que él estuviera seguro de lo que estaba haciendo.

Lo que le había dicho a Rocco era verdad. Él no quería una esposa. Quería una prisionera.

Y parecía dispuesto a que ella cumpliera cadena perpetua.

Capítulo 10

NO QUIERO ser tu esposa».

Las palabras de Charity resonaron en su cabeza mientras él se dirigía a su galería. Necesitaba estar rodeado de sus cosas.

No sabía por qué ella estaba luchando contra él. ¿Por qué hacía que se sintiera como un carcelero, cuando lo había tratado como un amante durante las semanas anteriores? Él no era su enemigo.

Le había regalado un anillo y le había prometido fidelidad.

Y así era como se lo agradecía, poniéndose ante él vestida de novia y diciéndole que no quería casarse.

Ella era suya, y eso era innegociable.

Se acercó hasta la vitrina de los soldaditos y recordó que su madre se los había regalado. No esos exactamente, pero unos parecidos. También recordó el vacío y la pérdida que había sentido poco tiempo después.

No tenía sentido. Charity estaba allí, igual de custodiada que el resto de cosas que tenía en aquella habitación. No podía abandonarlo.

Entonces, ¿por qué se sentía como si la hubiera perdido?

«Porque no puedes poseer a una persona. Ella tiene que elegirte».

Nadie lo había elegido nunca. Había pasado de familia en familia por obligación, para cobrar un dinero por formar parte del sistema de casas de acogida, pero nadie lo había elegido.

«Mamá te eligió. Aunque le costara el orgullo, la riqueza y todos los lujos a los que se había acostumbrado. Su vida».

Se cubrió los ojos con las manos y los apretó, tratando de calmar el dolor que sentía.

Había pasado toda una vida tratando de no tener sentimientos. Y lo que le pasaba era muy difícil de admitir.

«Amor».

No. El amor era doloroso. Devastador.

No se podía comprar. Y no se podía reemplazar.

«Pero el efecto del regalo permanece...».

Él se volvió hacia la vitrina. No eran los soldados los que le importaban, sino lo que había sentido cuando se los regalaron.

El vacío que había sentido no era por haber perdido sus cosas, sus juguetes. Aunque habría sido más fácil de haber sido así, porque él podía comprar cosas, podía reemplazaras, pero nunca podría reemplazar el amor que había recibido durante los primeros cinco años de su vida y que nunca había vuelto a recibir.

«No puedes forzar que Charity te quiera obligándola a quedarse contigo».

Sabía que era verdad.

Todo lo que tenía en aquella habitación nunca le había dado nada. No eran más que cosas vacías de poder, de vida. Él había tratado de convencerse de que con ellas llenaría su vacío. Había pensado que llenando su casa de cosas podría alejarse del niño pequeño que había sido. El niño que se había quedado solo en su casa vacía de Roma.

Sin embargo, lo único que habían hecho era enmascarar su pérdida.

No podía sustituir a su madre con arte, con coches, con dinero.

Y no podía hacer que Charity lo amara obligándola a quedarse a su lado. Ella tenía razón, nunca sería más que una prisionera si él la obligaba a quedarse.

«Has de dejarla marchar. Has de darle la opción de elegir».

«Pero puede decirte que no».

Ignoró las últimas palabras y salió de la habitación. Sí, quizá le dijera que no, pero nunca le había dado la oportunidad de que dijera que sí. Y si decía que sí...

Necesitaba que ella dijera que sí.

Se dirigió a la parte central de la casa sin saber dónde podría encontrarla. Ella lo había evitado desde la última discusión que habían tenido, pero solo porque él se lo había permitido.

La buscó en la terraza y vio que estaba apoyada en la barandilla. Llevaba un vestido corto de color azul y su melena estaba agitada por el viento. Nunca había estado más guapa. Nunca le había parecido tan importante en su vida.

Y estaba a punto de ofrecerle la libertad.

Era idiota.

—No te mandaré a la cárcel —dijo él, cuando se acercó a ella.

Charity se volvió para mirarlo, arqueó las cejas y no dijo nada.

—Eres libre. Me refiero a que eres libre de todas las amenazas que te he hecho. No presentaré cargos en tu contra por la estafa que hiciste con tu padre. No me importa si él me devuelve el dinero o no. No tienes que casarte conmigo. Acordaremos una custodia para nuestro hijo. Te pasaré una pensión. No tendrás nada que temer de mí.

–¿Me dejas marchar?

–Sí. Te dejo marchar –tragó saliva–. No tienes nada que temer.

–¿No tengo que quedarme?

–Por supuesto que no tienes que quedarte.

Entonces, él se percató de que su respuesta era no. Ella no quería quedarse con él. ¿Y por qué iba a querer? Era un monstruo.

–Creía que querías casarte.

–Y es lo que quiero.

–¿Y por qué quieres casarte conmigo?

–Porque soy un bastardo y un posesivo. No quiero que nadie más pueda tenerte.

–¿Eso es todo?

Rocco sintió una fuerte presión en el pecho. No, por supuesto que eso no era todo, pero no sabía qué más había. No sabía cómo decirlo. No tenía suficiente valor.

No tenía valor suficiente para desear algo tanto una vez más y que se lo negaran.

Así que solo tenía una respuesta.

–No hay nada más.

Ella asintió.

–De acuerdo. Voy a recoger mis cosas. Y necesito que me organices la manera de volver a Nueva York.

–¿Eso es todo?

–Sí –dijo ella–. Si es todo lo que puedes decirme.

–No puedo darte nada más –dijo él, odiándose por

estar mintiendo. Y por tener miedo de darle más. Sin embargo, no sabía cómo ser fuerte. Ni cómo enfrentarse a ello.

–Adiós, Rocco. Y, por favor, ponte en contacto conmigo para llegar a un acuerdo sobre la custodia.

–Estaré allí cuando des a luz –dijo él.

–De acuerdo –asintió ella.

–¿Eso es todo, entonces? –le parecía un final inadecuado para algo que había comenzado con tanta intensidad.

–En realidad no hay nada que finalizar. Solo un pequeño chantaje, ¿no?

–Supongo –no. Nunca se había tratado solo de un chantaje. Desde el primer momento en que la vio, había sentido algo por ella. Y cada vez se hacía más intenso.

Sin embargo, era incapaz de decírselo.

Se sentía otra vez como cuando era niño, invadido por la pena, por el miedo, incapaz de pronunciar las palabras que necesitaba decir de forma desesperada.

–Entonces, estaremos en contacto.

–Sí, estoy seguro de que será así.

Rocco permaneció allí, inmóvil como una piedra, mientras gritaba en silencio y observaba cómo Charity desaparecía de su vida.

Charity consiguió mantener la compostura hasta que estuvo cómodamente sentada en el avión privado de Rocco.

En cuanto las puertas del avión se cerraron, comenzó a llorar. No quería marcharse. Eso era lo peor. Quería quedarse y aceptar lo que él estaba dispuesto a darle. Aunque no fuera lo que deseaba. En esos momentos deseaba haberse quedado, aunque él solo estuviera dispuesto a darle las migas de lo que ella anhelaba.

Porque cualquier cosa debía ser menos dolorosa que aquello. Una vida formando parte de una colección, siendo simplemente una pertenencia más, debía de ser mejor que una vida sin él. Una vida sabiendo que él estaría acostándose con otras mujeres, y que ella nunca volvería a quedarse dormida entre sus brazos. Que él nunca volvería a besarla.

No iban a formar una familia.

«A menos que vaya a buscarte», le dijo una vocecita.

Podía ser. Podía ser que él fuera a buscarla. No era posible que la dejara marchar. No después de lo que había pasado entre ellos. No después de que él la hubiera abrazado para decirle que le pertenecía. Ella había visto cómo guardaba sus cosas preciadas. Y si ella era una de ellas, no permitiría que se marchara.

Iría a buscarla.

Esperó mientras la tripulación preparaba la cabina para el despegue y mientras el motor comenzaba a calentarse. Empezó a llorar con más fuerza, consciente de que él no iba a ir a buscarla.

No podía.

Y de pronto, se percató de que había sido una idiota.

Él la estaba dejando marchar porque ya no la consideraba una pertenencia.

Quizá no la quería. Y quizá nunca llegara a quererla. Ella odiaba la idea de tener que enfrentarse a ello. Él estaba cambiando y era un primer paso. Algo muy alejado del hombre que le había enviado lencería, la nota con sus exigencias. Y eso era importante.

Ella no quería vivir enamorada y sola. Aquello era una prueba de ese amor y estaba fallando.

Se suponía que en el amor no cabía el egoísmo.

No, su vida no había sido fácil. Y tampoco la de Rocco. Ella estaba aprendiendo, estaba cambiando, y lo estaba haciendo más deprisa que él. Sin embargo, él tenía un camino más difícil, y si ella no estaba esperándolo al final del recorrido, ¿para qué servía el amor que sentía por él?

Ella era más fuete que todo eso. No podía salir huyendo cuando las cosas se ponían difíciles. Lucharía y presentaría sus exigencias, porque lo merecía.

Había pasado toda la vida esperando a que alguien la quisiera, pero ni una sola vez había pedido que la amaran.

A Rocco, no se lo iba a pedir, se lo iba a exigir.

–Paren el avión –se percató de que la tripulación no podía oírla con el ruido del motor–. ¡Paren el avión!

Rocco se había encerrado en su museo personal cuando Charity se había marchado para recoger sus cosas.

Había permanecido allí durante las últimas horas, haciendo un inventario mental de todo lo que poseía. Todo estaba en su sitio. No faltaba nada. Y, sin embargo, su casa parecía vacía. Su cuerpo se sentía vacío. Como si Charity le hubiera arrancado algo fundamental y se lo hubiera llevado con ella.

Y ninguna de sus cosas servía para llenar su vacío.

«Porque tú la amas, y has sido demasiado cobarde para decírselo».

Era cierto. La amaba, pero el amor era la cosa más

aterradora en la que podía pensar. Algo que solo había experimentado durante sus primeros cinco años de vida.

«Pero el regalo permanece».

Se pasó la mano por el cabello y se acercó a la vitrina donde tenía una de sus jarras. La empujó contra la columna y rompió el cristal y la jarra. No se sintió peor.

Se volvió y tiró otra vitrina. Había perdido dos cosas de su colección y no le importaba. Nada importaba.

Las cosas que tanto había protegido no significaban nada para él. No le ofrecían protección. Se sentía herido y nada de aquello podía aliviar su dolor.

Ella era todo lo que le importaba, y la había dejado marchar.

«Ella no te eligió. Tenías que dejarla elegir».

No tenía ninguna recompensa por haberse comportado como debía. Soltó una carcajada. Había pasado toda la vida comportándose como quería, porque sabía que no tenía sentido comportarse como otros esperaban. Y ese día lo había confirmado.

Había hecho lo correcto. Y no se sentía mejor por ello.

Vería a su hijo cuando viajara a Nueva York. ¿Y qué pasaría si ella se casaba con otro hombre? Otro hombre representaría el papel de padre para su hijo o hija. Otro hombre se acostaría con su mujer.

Porque, aunque hubiera permitido que se marchara, no conseguía dejar de pensar que ella era suya.

Para siempre.

Quizá se hubiera marchado, pero los cambios que había provocado en él permanecerían.

Miró los cristales que había en el suelo y se percató de que no necesitaba nada de todo aquello.

Eso era nuevo. Era diferente. Y todo, gracias a ella.

Y no, no tendría a Charity a su lado, pero sería un buen padre para su hijo. Y sin ella, sin haberla tenido en su vida, él no habría sido capaz de serlo.

Había cambiado.

Aunque en esos momentos no se sentía recompensado por ello, sabía que lo estaría en un futuro. Al menos por ser capaz de tener una relación con su hijo. Era su oportunidad de tener una relación de amor.

Abrió la puerta y salió de allí. Necesitaba darse una ducha para despejar su mente y decidir qué haría a partir de entonces.

Al entrar en su habitación se detuvo en seco. Había una bolsa en el centro de la cama.

Se acercó a ella con el corazón acelerado. Nadie entraba allí excepto cuando él daba permiso a sus empleados para que lo hicieran. Y él no le había dado permiso a nadie.

La bolsa tenía un papel de seda en su interior y un sobre entre sus pliegues. Rocco abrió el sobre y sacó la nota que había dentro.

Te reunirás conmigo en la terraza. En esta bolsa encontrarás mi anillo de compromiso. Si tienes interés en seguir adelante con la boda, me pondrás el anillo en el dedo. Y te arrodillarás ante mí. No hay otra opción.
C.

Temblando, Rocco retiró el papel de seda de la bolsa y encontró la caja del anillo en el fondo. La abrió y vio el anillo. Charity estaba allí. No se había marchado. Estaba esperándolo en la terraza.

Agarró la caja con fuerza y salió corriendo hasta el salón. Ella estaba allí, fuera, en la terraza. Tal y como le había dicho.

Y él ya no se sentía vacío.

Ella lo había elegido.

Tuvo que hacer un esfuerzo para avanzar hasta ella. Él nunca estaba nervioso, y sin embargo, ese día sí. Charity tenía la capacidad de poner su vida patas arriba.

Se detuvo en la puerta y admiró su belleza.

–Has vuelto.

Ella lo miró y sonrió.

–No llegué muy lejos. Cuando arrancaron el motor comencé a gritar para que lo pararan. Creo que estaban preocupados por si estaba teniendo una crisis y necesitaba ayuda médica.

–Pero no era así.

–No. Solo me di cuenta de que estaba cometiendo un error.

–¿Por qué? Parecías muy segura cuando te marchaste.

–Estaba esperando algo, pero yo no te había dado nada. Quería que me dieras un motivo para que me quedara, pero no te había dado un motivo para que me lo pidieras. Ahora voy a dártelo –lo miró a los ojos fijamente–. Te quiero. Y me gustaría ser tu esposa. Lo que no quería era casarme contigo solo para que me ignoraras, solo para que me trataras como una pertenencia más y que pudieras custodiarme. Sin embargo, nunca te di una oportunidad. Y nunca te pedí que me quisieras. Así que lo voy a hacer ahora. Porque, si no te doy una oportunidad, ¿qué clase de amor es ese?

–Más del que merezco. No te he dado motivos para que me des una oportunidad.

–Sí me los has dado. Las cosas no empezaron muy bien entre nosotros, pero tú has cambiado. Y yo también.

–Yo he cambiado. Y no te imaginas cuánto.

–Sí.

–No, porque no te lo he contado todo. No te he contado cómo me siento –Rocco respiró hondo–. Charity, te quiero. Debería habértelo dicho antes, pero la idea de sentir amor me aterrorizaba, porque amé a mi madre y la perdí. Y he pasado casi treinta años de mi vida sin amor. Y en algún momento, durante mi paso por casas de acogida, decidí que ya no lo necesitaba. Y cuando uno toma una decisión así, ha de olvidar lo que se siente con amor. Has de olvidar por qué es bueno. Para poder escapar de las malas emociones has de borrar muchas de las buenas. Y eso es lo que hice. Hasta que te conocí.

–Rocco...

–No, déjame acabar –suspiró–. Había un vacío en mí. Un vacío en mi vida. Lo ha habido siempre, desde que perdí a mi madre. Y era mucho más sencillo fingir que la casa y las cosas que tenía en ella eran parte de ese vacío, porque eran reemplazables. Pero mi madre sacrifó todo para cuidar de mí. Para criarme mientras pudo. Yo olvidé su sacrificio. Olvidé la importancia de su amor porque era demasiado doloroso. Y me convertí en alguien de quien ella no habría estado orgullosa, pero ahora quiero cambiar. Quiero ser un buen padre para nuestro hijo. Quiero ser un buen marido para ti. Quiero dejar de tener miedo, porque no creo que el amor y el miedo puedan existir en el mismo corazón.

–Rocco, yo también te quiero –dijo ella, besándolo en los labios.

Al instante, él se sintió aliviado. Feliz.

–Es muy extraño, Charity. En muchos aspectos eres mi peor pesadilla. Me robaste dinero, y ya sabes lo que eso significa para un hombre como yo. Después me robaste el corazón. Lo que más he protegido del mundo. Y, sin embargo, estoy muy agradecido de que lo hicieras.

–Sí, bueno, siento lo del dinero. No tanto lo de tu corazón.

–Yo no lo siento por ninguna de las dos cosas. Gracias a ello estamos juntos.

–¿Qué vamos a hacer cuando nuestro hijo pregunte cómo nos conocimos?

Él se rio, y por primera vez en mucho tiempo, lo hizo con humor.

–Supongo que le diremos la verdad. Que conocí a una bella ladrona y que la llevé a mi isla privada, donde nos enamoramos. No nos creerá, por eso creo que la verdad nos será de utilidad.

–Cuando lo cuentas así parece muy romántico.

–¿No lo es? Yo creía que sí –abrió la mano y miró la caja del anillo–. Al menos, lo será si el resto sale bien –se arrodilló frente a ella y dijo–: ¿Me darás tu mano?

–Por supuesto –dijo ella, con lágrimas en los ojos.

Él le sujetó la mano izquierda y le colocó el anillo en el dedo.

–Charity, ¿quieres casarte conmigo?

–Sí –dijo ella.

Por fin había aceptado.

Por fin lo había elegido.

Él se puso en pie, la abrazó y la besó de forma apasionada.

—Te quiero —le dijo—. Y seré un esposo terrible. Al menos, al principio, porque estoy cambiando, pero sabes que poco a poco. Cometeré errores. Me va a llevar un tiempo comprender estos sentimientos nuevos, pero quiero hacerlo. Porque tú eres más importante que protegerme a mí mismo. Y mucho más importante que mi orgullo. Que cualquier pieza de mi colección. He roto una jarra.

—No.

—Sí. He roto dos.

—Rocco, ¿por qué lo has hecho?

—Porque estaba enfadado. Y porque no tienen importancia. Lo único que me importa eres tú. Y tú no eres un objeto. No puedo coleccionarte. No puedo poseerte. Y no quiero hacerlo, porque me gusta cuando te enfrentas a mí. Me gusta tu mente, igual que tu cuerpo. Quiero que estés al mismo nivel que yo. No quiero cambiar tu vida más de lo que tú has cambiado la mía.

—Antes de conocerte sentía que no me conocía. Me sentía como si todo lo que hacía fuera parte del papel que representaba en ese momento. Me sentía poca cosa, sin sustancia. Entonces, me miraste y me dijiste que no tenía precio. Que importaba. Cuando todo el mundo me hacía sentir que hacía que sus vidas fueran menos... Tú me hiciste ver que no podía ser cierto. No si para ti tenía tanto valor. Y ahora sé quién soy. Y lo que quiero. Y más que eso, sé lo que merezco.

—¿Y qué es, *cara mia*?

—Que me quieran. Y tenerte a mi lado.

–¿Algo más? –preguntó él antes de besarla de nuevo.

–Uy, hay una larga lista, pero eso podemos hablarlo luego.

–¿Sí?

–Quiero tener un poni –dijo ella, pestañeando de forma coqueta.

Él se rio.

–Hablaremos de ello –le dijo.

–¿Por qué no lo hablamos después de pasar un rato arriba? Tengo la sensación de que para entonces estarás de mejor humor.

–Llevo de mejor humor desde el momento en que entraste en mi vida.

–¿De veras?

–Bueno, no todo el rato.

Ella sonrió.

–Bien. No me gustaría que se convirtiera en algo predecible.

–Esa es una cosa de la que creo que no tendré que volver a preocuparme.

–Sí, una estafadora reformada casada con un millonario italiano. Una cosa es segura, nuestra vida nunca será aburrida.

Epílogo

CHARITY tenía razón sobre eso. Era imposible llevar una vida aburrida con cuatro hijos. Y menos cuando todos rondaban la adolescencia. Nadie podía decir que en su casa no hubiera dramas.

De hecho, en aquellos momentos, a poca distancia de donde Rocco y ella estaban, junto a la costa, Marco, el más pequeño, estaba molestando a Lilia, la mayor, con un pedazo de alga. Y Analise y Lucia, las otras dos los miraban divertidas.

Charity miró a su marido, que parecía tan divertido como los niños.

—Deberías decirle algo —dijo ella.

—Es probable —contestó Rocco con una sonrisa.

Su sonrisa todavía hacía que le flaquearan las piernas.

—No vas a hacerlo.

—Yo no tuve hermanos, pero me gustaría pensar que, si los hubiese tenido, habría hecho cosas parecidas a las que hace Marco. Es un chico listo. El único chico, así que debe aprovecharse.

—Es un niño difícil.

—Creo que lo ha heredado de ti.

Charity se rio.

—¿Crees que yo soy difícil?

Rocco la besó en el cuello y ella se estremeció.

–Me encantas.

Era divertido pensar en cómo se habían conocido. En cuando descubrió que estaba embarazada por primera vez. En lo mucho que se asustó y en cómo es enfadó cuando Rocco insistió que quería formar parte de la vida de su hijo.

Si hubiese podido asomarse al futuro por una ventana, Charity no habría tenido ninguna duda.

Recordaba perfectamente el momento en que le contó a Rocco lo del bebé, y cuando se marchó de su oficina, pensando que, al menos, tenía la posibilidad de empezar de nuevo.

Y no se equivocó. Únicamente en los detalles.

Nunca había imaginado tanta felicidad. Ni que su vida pudiera estar llena de amor.

Había pasado veintidós años sintiendo que nadie la amaba. Y en los quince años que llevaba con Rocco, no había pasado un solo día sin sentirse amada. Sin saber que él la amaba.

–Sabes, me alegro mucho de haberte robado el dinero –dijo ella.

–¿Y a qué viene eso?

–Estaba pensando en cómo nos conocimos. En cómo has cambiado mi vida.

–Bueno, me alegro mucho de haberte pillado.

–Yo también.

–Y también de que decidieras quedarte.

–Y yo.

–Sabes, lo que no me gusta mucho es pensar en lo cretino que era cuando nos conocimos. El otro día estuve pensando en lo que te dije en el hotel el primer día.

–¿De veras?

–Sí –dijo muy serio–. Te dije que te llevabas la mejor parte. Porque lo veía como si me hubiera gastado un millón de dólares en sexo.

–Ah, sí. ¿Cómo iba a olvidarlo?

–No puedes. Fue horrible, pero ahora, sabiendo lo que sé, debería habértelo dado todo.

–¿Porque tener esposa e hijos te ha resultado muy caro? –preguntó ella con una amplia sonrisa.

–No, porque no tienes precio. Ahora sé con total seguridad que eso es lo más importante. Después de todos estos años contigo, observándote, creciendo a tu lado, amándote, he conseguido fortalecer mi amor. Y habría dado cualquier cosa, entonces y ahora, por tenerte en mi vida para siempre –le acarició la mejilla y la besó en los labios–. Todo lo que tengo no merece la pena sin ti.

Ella miró a su marido con ternura. Con amor.

–Me tienes. Para siempre.

Bianca

De tímida secretaria… a amante en sus horas libres

Blaise West es el nuevo jefe de Kim Abbott y en persona es aún más formidable de lo que los rumores de la oficina le han llevado a creer. Tímida e insegura, Kim siempre ha procurado pasar desapercibida, pero, ante la poderosa presencia de Blaise, se siente femenina y deseada por primera vez en su vida.

Es una combinación embriagadora, pero sabe que debe resistirse… Además, su mujeriego jefe le deja claro que quiere conocerla mejor, pero que nunca será para él más que una aventura temporal.

Desengañados

Helen Brooks

Deseo

UNA HERENCIA MISTERIOSA

MAUREEN CHILD

Sage Lassiter no había necesitado a su multimillonario padre adoptivo para triunfar en la vida. Pero cuando J. D. Lassiter le dejó en herencia a su enfermera una fortuna, Sage no pudo quedarse de brazos cruzados. Estaba convencido de que la enfermera Colleen Falkner no era tan inocente como aparentaba, y estaba dispuesto a hacer lo que fuera con tal de desenmascararla... aunque tuviera que seducirla.

Pero el sexo salvaje podía ser un arma de doble filo, porque Colleen no solo iba a demostrarle que se equivocaba, sino que iba a derribar las defensas con las que Sage siempre había protegido celosamente su corazón.

Peligroso juego de seducción

¡YA EN TU PUNTO DE VENTA!

Bianca.

¡Seducir a aquella belleza distante iba a ser el mayor reto de su vida!

La reputación del seductor e implacable empresario Gene Bonnaire lo precedía. Pero Rose ya había conocido a tipos como él y estaba decidida a no dejarse embaucar de ninguna manera. Sin embargo, el carismático Gene siempre conseguía lo que quería y, en ese momento, su propósito era comprar la tienda de Rose para poner uno de sus restaurantes de lujo... y llevársela a la cama. Rose no podía negarse a su generosa oferta de compra...

HARLEQUIN Bianca.

Maggie Cox
El sabor del pecado

El sabor del pecado

Maggie Cox